DESGARRADOS

Eda Nagayama

Para Eduardo (in memoriam)

O mesmo pastor. O sorriso tão familiar. Os olhos brilhantes por trás dos óculos. Já não enxergava bem. Nem de perto nem de longe. Aos fiéis, dizia que era preciso enxergar o céu. A verdade. Nos atos e nos homens. Enxergar Deus. E, mesmo sem enxergar bem, sorria. Um sorriso de que ela gostava. Da certeza que estava também nas suas palavras. Bem postas. Com uma alegria mansa. Bonito, o que ele dizia. Não ele, que isso não era direito. Coitado. E não podia mesmo ser por beleza que ele se punha ali. À frente. Ela, sempre na segunda fileira. A primeira parecia carolice e isso não era de Deus. Não. Bastava a Bíblia. Preta com zíper. A mais cara. Um gosto que se permitia. Ia com ela a todos os lugares. Uma companheira. Segura e silenciosa, protegida de perder páginas e versículos. Salmos inteiros. Aleluia. No metrô e no ônibus sempre cheio, não tinha nem como abrir os braços. A Bíblia ficava na bolsa. Quieta. Fechada, como ela também. De boca e ouvidos lacrados. Pensando em parábolas, repetindo trechos. Seus favoritos. Com alegria no coração. Sem conseguir sempre. Ainda assim, tentava.

Aleluia.

Naquela noite. Como em outras. Muitas, tantas. A mulher olha para o pastor. Ali está o sorriso. As palavras. A mesma alegria que ela sempre tomou por fé. Deus vivendo dentro dele. Por um instante. O sorriso. Falso. Ela olha para as pessoas ao redor. E não compreende. Súbito. Precisa ir. Precisa ir agora. Fecha a Bíblia. Sem passar o zíper. Sai.

Vai.

A mulher caminha. Os pés a levam. As mesmas ruas. Enfim a casa. Entra. O marido assiste TV. Ela passa direto pela sala. Já de volta. Ela não responde. Na cozinha, enche um copo d'água. É súbita também a sede. Senta-se à mesa. Recolhe com a mão migalhas deixadas pelo marido, pelos filhos. Talvez por ela mesma. Aflige-se. O que está acontecendo. De uma hora para outra. Sem sentido. Aquilo de fé e Deus e verdade. Fé e Deus e verdade. Procura em si a certeza. A alegria. Rememora palavras do pastor. Esparsas. A boca fina despejando o próprio Deus. Provocando nela o transbordamento da alma. Agora, ela não encontra palavras nem sentido. A cabeça brinca e dá voltas. Se ao menos chorasse. Espreme lágrimas dos olhos fechados. Tudo escuro. Ainda mais dentro dela. Um breu do qual nunca tinha se dado conta. Se cresceu sabendo o ordenamento das coisas. Tarefas e deveres. Ser boa pessoa. Boa mãe e esposa. Mas e agora. Assim. De uma hora para outra. Infeliz. Tanto. Com aquilo mesmo que a fazia feliz. Até então. Deus e Sua misericórdia. Longe, distante. Deus afastou a paz de minha alma. É. Por que razão. Lúcifer. Satanás. Maus pensamentos. Pessoas do mal. Após tantos anos de fé, ela podia perceber. O mal e as pessoas más. E, logo que via, atravessava a rua. Orava. Vá com Deus. Que cuide do seu caminho. Mas e agora. Ela própria desviava e caía. O demônio armando emboscada. Uma besta mansa e silenciosa. Não. Bobagem. Coisa da sua cabeça. A mulher toma toda a água. Não passa. Um pensamento passa. Precisa mudar. Mas o quê. O peito pequenino de tão apertado. Ainda. E então pega a garrafa. Do marido. Não é de Deus. Despeja um gole. A goela queima. Tosse. Feio. O marido ouve da sala. Tá tudo bem aí. Ela não responde. Porque não ouviu. Por que tinha feito isso. Era o diabo. Não. Eu quero. Eu preciso. Senta-se. De novo. Sente os olhos vermelhos.

Lacrimejando. Queimando. Apoia a cabeça na mão. Súbito. Esse incômodo. A sua vida. Mudar o quê. Para quê. O casamento e os filhos. O trabalho. Todos esses dias. Enfileirados sem fim. A casa. O computador dos meninos. A televisão nova. A casa limpa e arrumada. As roupas jogadas por seus homens. Homens que eram muito meninos quando brincavam. Rindo alto. Dando tapas uns nos outros. O marido engordou, envelhecia. Ela também. Mas a gargalhada dele era a mesma, quase indecente. A dela tinha se perdido. Onde. Os meninos, bons. Não se metiam com drogas nem com o crime. Olhava para eles procurando malvadezas ou segredos, motivos de vergonha. Nunca achou. Só não gostavam da igreja. Paciência. Bastava que fossem bons. Ela podia ter fé por todos naquela casa. Deus haveria de entender. Ela poderia emanar fé e distribuir em todo o lar. A casa da mulher era também a casa de Deus.

Não.

Agora não sabia mais.

O marido aparece. O que foi. Ela olha para ele. Sem consolo. Perdi. Soluça. Ele não entende. Nem ela. Como assim. De uma hora para outra. É. Deve ser cansaço. Ou tinha acontecido alguma coisa. A mulher balança a cabeça. Não. O homem acha isso tudo curioso. A mulher nesse estado que nunca viu. Mas em algum lugar, lá no fundo. Contente. A mulher menos carola. E ele já imagina. As roupas. As festas dos amigos, do pessoal do bairro. É. Quase sorri. Antes, percebe a garrafa em cima da mesa. Mas você bebeu. Ela devia estar mesmo mal. Desde essa história da igreja, a mulher não bebia. Desde a menina. Nunca mais. Ele tinha saudades. Ela meio alcoolizada, rindo, cheia de dengo. Agora não. Menos. De um jeito diferente, a mulher tinha amansado. Ele também. Se bem que às vezes ficava nervoso. A voz subia e engrossava. Ela então olhava para ele. Olhava para ele com aqueles olhos tão limpos. E aí a braveza logo parecia tola e injusta. A nuvem da briga evaporava. E o motivo, qualquer que fosse, ele acabava deixando pra lá. Agora era muito diferente. Ela bebeu. Aqueles olhos não tinham mansidão alguma. Ele consegue ver. A aflição. Coisa inédita. E, precavido, pega a garrafa e guarda. Senta com a mulher. Olha para ela. Não o tempo todo. Em silêncio. Os dois sentados. A TV ainda ligada falando sozinha. Ele olha para ela. Essa, um pouco desconhecida. Essa olhando para si mesma. Para o lado de dentro. Essa, muito desconhecida. Sem fé.

Outra.

***

Há algumas semanas deixou de ir ao culto. A perturbação dentro de si atenuou. E então parou de perguntar, pedir explicações, tentar entender. Aceitou a incompreensão, decidiu continuar com a vida. O trabalho, o marido, os filhos. A rotina da fome que volta, das roupas que sujam, da casa que desarruma, dos seus homens que riem. E, agora, uma novidade. Ela ri também. Um pouco mais. Um pouco mais alto. O marido repara e disfarça. Com receio de chamar a atenção. Com receio de que acabe. Aquele riso. Aquele gosto em ver a mulher assim. Tão parecida com a outra, aquela do início. À coisa da igreja ele não se opunha, mas ela ficara séria demais. As brincadeiras, ela ainda fazia, mas só de luz apagada. Mas e se ele gostava de olhar. Olhava então fora de casa. Uma moça ou outra, nada assim importante. Umas bundas, umas gostosas por aí. Só uma vez. Assim, meio sem razão. No ônibus. Nem era tão tarde. Não saberia dizer por quê. Do nada. Põe a mão sobre a coxa. De uma moça de quem nunca soube o nome. Calada, sem olhar para ele. O ônibus quase vazio. O cobrador tagarelando com o motorista. Dali em diante ninguém mais subia. Sacolejam todos. Um ou outro dormindo, ouvindo música. Ele põe. Ela não tira. A mão grande. Aperta. De leve. Sente a carne. Ele gosta. Ela olha a paisagem pela janela. Ele sobe a mão. Até ali. O meio. Entre as pernas. Aperta. De novo. De leve. Ela afasta. Não a mão, as pernas. Olhando lá fora. Ele, não. Só olha ali, fixo. Ali. Onde a sua mão aperta. Úmido. Ainda que por cima da roupa. Aperta mais. De repente, sem avisar nem olhar para ele. A moça está de pé. Olhando ao longe. Licença. Ele não sabe onde pôr a mão. Ela faz que não percebe. Aquele embaraço dele. Ela dá o sinal, desce. O homem hesita, mas não levanta. Não vai atrás dela. Fica. Fica sem saber por quê. Fica louco e põe a mão. Ali, no meio. Entre as próprias pernas. Duro. Põe a mão e tira. Cheira a mão.

Droga.

O ônibus sacoleja. Dá o sinal e desce. Chega em casa. A mulher sorri. O homem se aproxima. Ela sem saber. Ele precisa. Outro tipo de urgência. Encosta o corpo nas costas dela. E, com a mão, aperta. Esta, sua fêmea, outra. Aperta de leve. Ali. No meio, sobre a roupa. Sente molhado. Muito. A roupa, da água da pia. Da mulher, ele não sabe. Ela se vira e olha para ele.

Espantada. Tira a mão sem olhar para ela. Embaraçado. Ela ri. Alto. Uma gargalhada gostosa. Ele também. Riem.

Uma fome de cada vez.

Senta à mesa. Achando bom não ter descido no ponto errado. Fome. Ainda e muita. Na manhã seguinte também. Ela coa o café, serve o marido. Ele repete. De tudo um pouco. Mais. Pão e bolo e bolachas. Ela sorri. E toma um gole de café, corta uma fatia do bolo. Beija esse seu homem. No rosto, de leve. Olha a hora. Sai. Corre de bolsa e bolo na mão. O ônibus. Não é o seu. Que bom, o bolo. E, ali no ponto, o pastor. Ele ameaça falar, sorrir, aproximar-se. Ela sem saber por quê. Ergue a mão. Não. Morde o bolo. O pastor entende e aceita o sinal. E, por essa pequena rejeição, olha para baixo. E para ela de novo. Longamente. Ela percebe. Um pedaço do bolo cai no chão, migalhas sobre a roupa. A mulher passa a mão, rápido. Suspira. Olha para o pastor. Tão correto e limpo e cheio de boas intenções. O cabelo fino e claro penteado para o lado. O rosto liso quase sem barba, de menino. Um pouco triste. Ele ajeita os óculos e finalmente desvia o olhar. Dela.

Não.

O ônibus. É o dela. A mulher faz sinal e sobe. E vai embora assim, sem acenar. Lá dentro, ainda um lugar para sentar. Lá dentro dela, também. Um lugar vago. Desconhecido e desconfortável. De novo, suspira. E, sem pensar, passa a mão pelos lábios. Uma migalha do bolo cai do canto esquerdo da boca. A mulher ruboriza. Uma vergonha, mínima e súbita. Dele, aquele em quem pensaria. Por vezes, o dia inteiro. Sem encontrar alívio, ainda um pouco aflita. E, sentada no ônibus, num gesto automático, abre a bolsa. Lá está ela. A Bíblia. Quieta e encerrada em sua capa preta. Pega o livro como se fosse uma novidade. Abre o zíper. Abre em uma página qualquer. Lê sem entender as letrinhas embaralhadas aos pensamentos, a partes daquele homem. O cabelo. O ajeitar dos óculos. Os olhos tímidos. A tristeza. Não. O livro volta para dentro da bolsa. De zíper aberto mesmo. Um risco. Palavras por cair. Não. Página por dobrar, estragar, rasgar. Um capítulo, um salmo. Foi-se. Algo que ainda escapa ao entendimento e às palavras. Dela. Do lado de dentro. Algo também rasgado. Talvez sem sutura, cura. Por enquanto, só sem sentido.

* * *

Muitas vezes quis ter nascido órfão. De pai e de mãe. Seria só um embrião. Um ovo bom de um filho gorado. Não. Era só filho gorado. A mãe não era má. Era fria e desdenhosa. Sempre longe. Dele. De qualquer um. E se nunca quis filho algum. Mas, teimoso, esse menino tinha vindo assim mesmo. Sem desejo ou previsão. Quando ela se deu conta, já tinha mais de três, quase quatro meses. Só, sem eira. Olham feio, apontam dedos. Os vizinhos, a mãe. O pai dela, não. Este foi embora muito antes. Com outra, claro. E, por causa do abandono, a mãe amargou. Ela também. Ainda tão menina. O pai bruto ficou só na lembrança. A menina cresce e, quando mãe, aparece a herança do pai. A brutalidade. Mais quando bebia e ria. Mulher e mãe bruta. De mão pesada. De corpo que cambaleia entre os móveis, caindo de uma vez no sofá. O filho olhava espantado. Sem saber que aquilo que sentia era vergonha. Arregalava os olhos diante do monstro que a bebida fazia aparecer na mãe. Aquela alegria de louca desvairada. Tinha medo. Queria na mãe uma alegria menor. Que fosse de contentamento, de orgulho. Dele, seu filho. Bom aluno, esforçado e quieto. Menino de boas notas e longe das más companhias.

Não.

Pouco importava. A alegria louca era logo seguida por ódio. Se a cara vinha antes do comportamento. Aquele menino, a cara do pai. E assim, quando bebia, a mãe descarregava no menino. A raiva e o azar daquela sua vida. A bebida boa em encher a mão de vontades, de disposição sobre o corpo do filho. O menino chora. Um dia, desiste. Ser igual ao pai era sem cura, sina sem escapatória. Apesar da mãe, ele mesmo não tinha ódio por esse pai que nunca viu. Sem deixar lembrança para guardar, ainda assim o pai podia lhe causar hematomas. Sem rosto ou nome na carteira de identidade. Por vezes o menino cismava e, no espelho, procurava pelo pai. Ali. O rosto dele escondido no seu. Reconhecia o que era da mãe. Pouco. Todo o resto só poderia ser dele. Não deixava de ser uma herança.

É.

A mãe ainda bebia. Agora sem alegria, mas também sem brutalidade. Tinha sobrado pouca graça, alguma indignação. Feito pastor, o filho almejava salvá-la. Se salvava outros. Mas no coração da mãe não havia espaço. Para ele. Para Ele. Justamente porque tinha um filho pastor. Uma ousadia. Se bastava ser homem. Deus é homem. Nada de Deus-homem. A mãe blasfema. Deus não gosta de mulheres. Não tem nenhuma Deus-mulher.

Maria era santa, mas não era Deus. Repetia entredentes que não podia suportar homem algum dizendo a ela o que fazer. Mesmo esse Deus-homem. Porque homens prometem e fazem até conseguir. Depois vão embora. Danem-se. Todos. O pai, o filho também. Os deuses e os homens, seus filhos. Esse seu quis vir, teimou e veio. Não queria. Nunca quis. E, não bastasse um, vieram dois. E ainda um neto. Sonso. Maria-vai-com-as-outras.

Deus.

Homem nenhum nunca cuidou dela. Nem Deus. Deus-Pai. Pai como o seu que nunca quis saber dela também. Homem é maldição. Blasfema. O próprio filho. Pastor com a Bíblia debaixo do braço. Edição de luxo com letras douradas. Cara e feita para durar. Um absurdo. Lá vem ele com aquela cara de piedade e conserto. Não tem conserto. Seu próprio filho. Ela não tem conserto nem lugar pra pena. Só cadeia. Aí, sim, tem lugar pra ela. Mas ela não descuida. Não. Bebe sim, de olho na lei e nos homens. De olho para não ser engaiolada. É. A bebida é sua asa. Meio depenada. Não vai longe, mas vai. Pra fora. Daqui, dali. Pra fora dela mesma. E isso era bom. Bastava.

É.

A mãe era sua ovelha perdida. Desgarrada. Mais que todos, que qualquer um. Por causa dela às vezes tinha ganas de desistir. De tudo. Dela, dele. Do chamado. Afinal, podia estar mesmo errado. Sem haver chamado algum na voz que ouviu. Só loucura e danação. Se havia tentações. Muitas, tantas e grandes. Demais. Se o mal podia ter muitas faces. O diabo vestido de Deus. E ele então servindo ao diabo. Sem querer nem saber. Sim, se o demônio era mesmo astuto. Muito mais do que ele.

Claro. Um coitado. Deve ter faltado comida. Pouco amor era certo. Com pouco ele se acostumou. Com as fomes. Acabou homem pequeno, quase raquítico, pouco inteligente. Muitas vezes tem dificuldade para entender as palavras do livro. Algumas são difíceis mesmo. Outras se enroscam em frases tortuosas, labirintos para se perder. Sem saída nem sentido. Para ele. Para o rebanho. E, mesmo sem compreender, aceita. Deus. Nas palavras e nos labirintos. Com alegria, dentro de si. Como nunca foi aceito por ninguém. Sabe que isso tem algo de desespero. É torto, mas é como achou para sobreviver. Se a rejeição da mãe era para sempre, a de Deus era mais rara. Incerta. Por vezes, sentia. Ele lhe voltando as imensas costas. Muito mudo e surdo. Por outras, sentia o coração iluminar-se.

D'Ele.

E então as palavras podiam sair em jorro, inflamadas. Ele, um pequeno dragão de Deus. Uma Sua criatura. Mas não era sempre. Mais frequente era ainda duvidar. Se tanta injustiça. Se um vazio se abria dentro dele. As palavras escapando pela boca sem sentido para os ouvidos. E mesmo assim. Queria ser o melhor pastor. Para orgulho de um Deus-Pai que lhe afaga a cabeça e o aconchega. Meu pequeno. Em Seus enormes braços. Um sem fim.

* * *

A mulher de fé perdida dorme. E, exausta, sonha. O filho no ônibus para o centro. Vai encontrar a turma, conversar, olhar garotas. Esse, o caçula. Doce e quieto. Desde pequeno, curioso de pessoas e coisas. Observa. Por vezes gargalha, o riso solto. A mãe adora. O som do riso do filho. Seu filho. Sem fazer cara de mau como alguns meninos da vizinhança. Ele ri com a cara que tem, parecida com a dela. O nariz fino, a boca estreita. Já o corpo é largo, parecido com o do pai. Bonito. Mais para ela, claro. No sonho, o filho está sentado no fundo. O ônibus é muito claro e ele vai descer só no ponto final. Uma longa viagem, vai demorar. Ao lado dele, um homem olha para fora. As ruas passam, vazias. Alguém tem um rádio. O volume alto, uma música de igreja. Um salmo. O som some.

De repente.

Aquele homem. Ele vira o rosto e olha para o filho. Horrível. O que é esse olhar. O que é o olhar desse homem. O filho não desvia. Não consegue. Não pode. Uma sensação. Tudo para. Tempo, trânsito, a rua. Um silêncio. Pesado. Aquele homem tem algo de mau. A mulher sente uma pressão no peito. Uma aflição. O homem ainda olha. Ela não está lá, mas quer que isso pare. O seu menino. Precisa protegê-lo. Ele quer levantar, parar de olhar. Não consegue.

De repente.

De novo.

Aquele homem. Ele olha para fora. Como antes. Liberto, o filho fica de pé num pulo. Olha para o lado. Há uma moça sentada. Bonita, o cabelo loiro muito comprido. Mas ele não a vê realmente. Pensa ainda naquele homem. Piscando e cambaleando, o filho senta em outro banco mais à frente. A moça loira troca de lugar. O ônibus não está lotado. Ela senta ao lado do filho. Loira, bonita e arrumada. É sábado, ela saiu para passear. O filho não a nota. Nervoso e um pouco suado, persiste em olhar pela janela. O coração bate forte. Ele não consegue mais se conter e então vira a cabeça para olhar. Aquele homem. De novo. Lá atrás. No caminho do olhar, a moça loira. O filho se distrai e não percebe. Aquele homem. Olhando fixo para ele. No sonho, a mãe sente um arrepio.

Não.

Meu Deus.

Precisa avisá-lo. Quer gritar de medo. Por ele. Por ela através do filho. Venta. Sem assobiar, um frio de morte. A mãe quer fazer o sinal da cruz. A mãe quer pôr o filho no colo. Mas ela não está ali, no ônibus. Não. Não está ali, perto dele. O único lugar que importa no mundo. O filho levanta, caminha pelo corredor. Ele não olha para se certificar, mas aquele homem não está mais. O lugar agora vazio. O filho, de repente, se apressa. E, sem fazer sinal, desce pela porta aberta.

No ponto errado.

A mulher acorda. Aflita e suada, olha ao redor. Sem entender. Uma sombra a abraçou nessa noite. Tem medo que alcance os filhos. Seu menino. Um buraco, uma cova que engula a todos, ainda vivos. Faz o sinal da cruz esquecendo da fé perdida. E permanece no escuro, de olhos abertos para o teto. Ao lado, o marido adormecido ressona baixinho. Depois de horas, ela acorda. Está deitada reta e dura, defunto no caixão.

* * *

Naquela mesma noite. O pastor deita. Passou o dia cuidando de papéis e contas, burocracias suas e da igreja. A cabeça pesa, o corpo cansado, dorme em seguida. Sonha. Também o pastor. Uma cova cai sobre ele. Não um caixão. Não ele em um buraco. O buraco sobre ele. Sem conseguir respirar, quer chamar alguém. Quem. A voz não sai. O peso da terra sobre a cabeça e o pescoço. Vai morrer. O cheiro de terra úmida penetra pelas narinas. Fecha os olhos. Vou morrer.

Meu Deus.

Agora está em uma cela. Nu, exceto por um fino cobertor cinza. O corpo todo dói. Ele olha. Nos braços e pernas, marcas escuras, sangue em crostas, escorrido e seco. E então ele se dá conta.

O apedrejamento.

E, por reflexo, protege o rosto com os braços, encolhe o tronco. Tão injusto. Na testa, mais sangue. Um escorrer fino. Seu sangue. De um corpo de pouca vida, quase morto. Sangrando e sentindo frio, o pastor chora. No escuro desta cela que não é de clausura nem penitência. Só escuridão. Menos no mundo, mais na alma. E ainda mais. Pedras, muitas. Logo irão recomeçar.

De novo.

Sempre.

O pastor acorda assustado. Senta na cama e põe os óculos. Precisa enxergar o sonho. É certo que havia um pecado. Qual. Grave, se digno de apedrejamento. Ele, Madalena. Pecador exemplar. Pecador de enterro absurdo se sua cova caía dos céus. E havia ainda a masmorra. Cova para ser esquecido, enterrado em vida. Ninho de zumbi, morto-vivo. O pastor tira os óculos.

Meu Deus. Não consegue entender. Suspira. É um sinal. De algo mau. De um mal por vir. Por alcançá-lo. As garras afiadas por enterrar em suas carnes. Esfrega os olhos fechados. Quis não estar só. Quis ter uma mulher, uma outra mãe que não a sua. Um colo. Se ele era também carne. A fé nem sempre basta. Nem sempre o coração se enche da Sua presença. Sua ausência podia ser mais real do que o próprio Deus. Mas o que era isso. Blasfema. E depois de acordar de um sonho como esse.

Há mais escuridão em noites como esta.

Levanta. Sente-se exausto. Precisava comprar uns comprimidos para dormir em noites assim. Escuras demais. Sem saber por quê. Lembra. A mulher no ponto de ônibus. O gesto, a mão erguida. Não chegue perto de mim. E não só isso. Fique longe. Não quero pegar essa sua doença. Chaga supurada. A fraqueza e covardia da sua alma. A vergonha e mentira dessa sua fé. O pastor lamenta. Não só pelo gesto. Mais. Se ontem também pensou nela. Durante o dia, em meio aos papéis. Ela lhe pareceu mais alegre. Talvez por causa do bolo. Assim, comendo bolo na mão, na rua. Voltava a ser uma mocinha. Um bolo podia então rejuvenescer. Sorri. Deus gostaria dessa simplicidade. Era Seu jeito de se manifestar nas criaturas. Graça que era mais comum nas mulheres. No metrô mesmo, um outro dia. Uma mulher ajeita a saia. Passa a mão, alisando o tecido. Duas ou três vezes. Delicada, com cuidado. Ao lado, um policial de olhar duro. Ele gira a pulseira dourada. Pensando em alguém. Quem sabe uma mulher para chorar e sentir saudades caso ele morra em serviço. Uma bala de encomenda ou perdida. O crânio atravessado, a artéria rompida. Acontece. Ontem mesmo viu na TV. Um diferente companheiro de farda. Parteiro de nome Lama. Criança na escola, esse nome devia ser bem ruim. O destino dado no nome. De volta ao barro após este mundo de provações. A foto três por quatro no noticiário. Viu quando parou na padaria para o café e o pão na chapa. Achou Lama triste. Talvez mais tiros do que partos. Tiros demais. E mortes, muitas. Depois de morto, Deus faria as contas desse parteiro. Sem calculadora nem balança, os nascimentos e as mortes. Se bem que as mortes podiam também ser partos. Renascimento para uma eternidade de danação ou júbilo celeste. É. Mas por que pensa no soldado justo agora. O pastor olha para o despertador. Já são quatro. Vai acordar às seis. Sábado é um dia cheio. Precisa preparar os cultos. Dia de trabalho bom. Uma gratificação na igreja cheia. Gosta do burburinho das pessoas. Os sorrisos, abraços e beijinhos no rosto.

A mulher volta à sua cabeça.

A família nunca veio. Ele sempre achou nisso motivo maior para admirar sua fé. Mansa e perseverante. Fé ilhada. E, agora, justo ela. Fiel que vai embora assim. Sem satisfação nem motivo. Ele, sem chance para reconciliação. Se é que houve mesmo separação. Não parecia justo. Sempre a mesma fileira no culto. Alguém acabaria ocupando seu lugar. Sorri. Reconciliação era coisa para casais. Se tivesse casado, seria com uma mulher como ela. Poderia ter sido com ela. Ri sozinho da ousadia. Talvez. A vida então teria feito outros caminhos. Diferentes, talvez demais. O sorriso se vai.

O sonho volta.

Deus quer me avisar de algum pecado. Grave. Meu. Se a vida fosse outra, não haveria pedras nem feridas nem sangue. Ainda que em sonhos. Sonho mesmo seria essa vida, casado com ela. Não. Aqueles não podiam ser filhos deles dois. Não iam ser assim, bonitos e fortes. Se ele era magro e baixo. E a mulher não poderia gostar dele. De alguém como ele. Certamente incapaz de deixá-la satisfeita. Que pensamento indigno. Sujo.

O peso no peito.

Sim. Deus me avisa de algum pecado. Talvez ainda por acontecer. Avisa para que não aconteça. Para que eu use Seu livre-arbítrio. Se eu falhar, talvez morra. Uma morte em vida. Sempre pior. E ele sabia mesmo o que era isso. Andar por aí fazendo e dizendo coisas sem propósito, levado pelos dias, pelos outros. Felizmente houve um dia. Um. Deus sopra um vento. Sobre ele. Para mais perto. D'Ele. Há anos. Chama. Que bom que teve ouvidos. Venha. Ele toma sua mão e o guia. Como criança, velho ou cego porque ele é isso tudo. Mais cego. Por Deus, agora via melhor. Sim. Nas palavras, Ele dá óculos para a alma. Sim. Preciso orar. O que quer dizer o sonho. Preciso ver. Haveria de receber. Esclarecimento e conforto para essa sua aflição. Essa certeza acalma o pastor que se deita. De novo. Sem colo de mulher ou de mãe. E adormece. Pensando que pode repousar a cabeça em Seu colo. Um ninho para seu sono. Desta vez, sem sonhos.

* * *

A mulher entra em uma igreja. Outra. Grande e marrom. Um homem de jaleco limpa o altar com um pano num rodo. O jaleco branco sobre a pele muito negra. Ele usa óculos de aro grosso e luvas verdes de borracha. Alguém o chama do lado de fora. Ele apoia o rodo no púlpito e olha. Abre um sorriso largo, as mãos na cintura. Acena e desce do altar para conversar com alguém que a mulher não vê. Volta sorrindo para continuar a limpeza.

Muito chão.

Entre os bancos vazios, um homem. Papéis espalhados ao seu redor, sobre o assento e o encosto. O homem ocupado em fazer ordem. Preocupado com seus negócios. Talvez tenha contas a prestar. Com Ele. Se esta for a hora marcada, está atrasado. Resmunga. Por falhas e omissões, razões suficientes para ele. Para Ele. O homem relê um dos papéis, monocórdio em uma ladainha que o nina. Semiadormecido, sai deste mundo. Volta. Ríspido, de súbito. Encontra um erro. Fatalidade que não conseguiu evitar, contornar ou consertar. Não, não pode. Tem que ser diferente. Isto aqui. Não. Bate na sua velha cabeça tentando enganar. Não. Mas se está escrito. Então deve ser. Então foi. É a verdade. Deus escreve. Eu escrevo. Ele escreve através de mim para eu não esquecer. Foi assim. Não. Foi. Shhh. Cala a boca. Cala a boca. Seu merda.

Shhh.

Uma outra mulher entra. Vestida de branco, sem nenhum papel ou lenço. Só lágrimas e a cabeça baixa. Triste, abandona o corpo sobre o banco. Deve haver outros abandonos. Da esperança. Da sorte. Não tinha certeza se Ele também não lhe virara as costas. Ao menos servia ter essa Sua casa, lugar onde podia se deixar ficar. A cabeça e as costas tão pesadas. A barriga formando dobras. Tanto peso por tanto tempo. A coitadinha de quem os outros tinham pena. Não. Tinha era vergonha. Depois de tudo. Aquilo. Que dava voltas sem parar na sua cabeça. As palavras. Da boca do único filho. Aquela raiva. Aquele ódio. Podia jurar que não merecia. Mas agora não sabia mais. Era muita ingratidão. Depois de tudo que tinha feito por ele. Depois de tudo. Não, não é justo. Meu Deus. Não aguento mais. Melhor morrer. Melhor acabar com isso de uma vez. Meu Deus.

O que vai ser de mim.

A mulher se apruma. Ao ver essa outra mulher triste, de branco. Passa por ela atenta à sua própria coluna. Senta, ereta. Na segunda fileira, a mesma de antes. Da outra igreja. Do outro culto. Gostaria de poder chamar. A Ele. E que Ele fizesse como o homem da faxina e parasse o que de extraordinário estivesse fazendo. Por um instante. Por ela. Com as mãos na cintura. Ela sorri. Que cintura. Mas Ele sorri também. Que bom que você veio. Onde você estava. O sorriso dela muda. Paralisada diante d'Ele sorrindo para ela. Deus se aproxima porque ela não consegue mover sequer o olhar. Que vergonha. O pastor precisa cuidar de suas ovelhas para que não desgarrem. Por aí. Dando voltas, perdidas. Perdendo crenças.

Fés.

A mulher tenta calar a voz na sua cabeça. Quer ouvi-Lo. Vê-Lo. Nesta igreja sem cruz. Na casa desse Deus por ora sem rosto. Ou cintura. Somente mãos. Queria que Ele apontasse Seu indicador. Ei, você. Para fazer dissipar a dúvida. Ri. Que boba. Dá-se conta então de como ria nestes últimos dias. Um riso sem aviso ou ocasião especial. Não era gargalhada igual à dos homens de sua casa. Riso. Agora essa novidade. Quase um hábito. Um riso freguês dos serviços prestados por sua boca de lábios finos e dentes grandes. Desta vez, ri baixinho para que o homem da faxina não perceba. Igreja não era lugar para rir. Júbilo sim, mas nada de risadas. Respira fundo e olha para o teto. Só alguns dos vitrais estavam iluminados. Lá fora, o dia nublado. Nebuloso também, dentro dela. O riso se espanta, espanado em uma faxina sem pano ou rodo. Ela se levanta, agora sem olhar para ninguém. No meio do corredor, vira-se para o altar. Não olha para o homem da faxina. Ocupado, ele tira o pó das velas elétricas, sem cera ou calor. Ela faz o sinal da cruz, desajeitada. Ameaça fazer uma reverência. Desiste. Vai embora. Sorrindo ainda. Para casa. A sua.

* * *

O pastor na fila do banco. Arrumando papéis, achou um boleto atrasado. Vai então ao banco onde não tem conta. Espera. A fila é longa. Surpreende-se ao perceber que não trouxe a Bíblia. Fazia anos que não havia lugar aonde fosse sem ela. Podia esquecer os óculos, não enxergar as letras. Ainda assim. As palavras eram sua proteção. O mundo mais certo por causa de um livro. Ali, junto ao corpo. Algo do sagrado junto a essa sua carne. Felizmente pouco fraca. Palavras de poder e mistérios. Se ainda após tantos anos acontecia de não compreender. E era justamente aí que residia o encantamento. Os enigmas feitos de letras, sentidos ocultos por desvendar. Algo d'Ele nas palavras, o maravilhamento de Sua revelação. E então com esse deslumbramento é que almejava contagiar seu rebanho. Ainda que houvesse um aparente entusiasmo, estava ciente de seu fiasco. A maioria só acompanhava, repetia sem ânimo ou compreensão. Exceto um ou outro. Nesses, o pastor acreditava ver brilho nos olhos. Fé. Quem sabe. Aparentada daquela sua que um dia o arrebatou. Aparentada também daquela outra, agora acomodada em seu coração. Mansa e silenciosa.

Outra.

O pastor pode ver a si mesmo. Ali, na fila que não anda. Não se sente um escolhido. Nem por Ele nem por ninguém. Comum demais. Camisa branca e calça cáqui. Jaqueta cinza, sapatos pretos. Tudo sintético e barato. Roupas que podiam ser de seu avô. O cabelo penteado de lado, há meses sem cortar. A barba raspada todo dia durante o banho. Os óculos de metal retangulares. Três graus e meio de hipermetropia com mais dois de astigmatismo. Por trás das lentes, os olhos grandes, maiores. Espantados com a vida desde muito pequeno. Os meninos sempre fizeram pouco. Era desengonçado e ruim de futebol. Para as meninas, sempre foi feio e esquisito. Ficava então com vergonha. Pior se a professora olhasse na sua direção. Começava a suar frio, mais nas mãos. O lápis escorregava, manchava o caderno. Se chamado à lousa, riam. Nas aulas de ginástica, preferia ficar sentado no banco. Se inevitável mesmo, fazia o que mandavam. Devagar, porque achava aquilo tudo muito incômodo. Diferente do irmão. Mesmo menor, batia nos outros meninos. Gritava e falava palavrões. Ia para a escola levando um caderno e uma caneta Bic, sem livro algum. Para quê. Briguento, vivia na sala da diretora. A mãe já nem ouvia as reclamações. Sempre as mesmas. Em casa, o garoto ficava de castigo. Toda semana a mesma coisa. Não fazia diferença. O caçula escapava, achava divertimento mesmo no castigo. A mãe foi cansando até que desistiu. Também dele. O mesmo fez a diretora. Delinquente. E para surpresa de todos. O irmão do futuro pastor inventou de ser e virou professor de matemática. Terrível, de voz firme e olhares fulminantes. De risadas sarcásticas. Os diários de classe cheios de notas vermelhas. As meninas, além de temer, tremiam. Os hormônios borbulhando diante daquele professor muito masculino. Fantasias cochichadas entre risadinhas confundindo equações e funções. Um dia, o irmão casou. Não com uma aluna, com uma secretária. E teve um menino. Menos inteligente do que gostaria. Doce e manso como a mãe, tremia como uma de suas alunas. O pai era um ser incompreensível e causava espanto. Pequeno e sensível, o filho acabou também pagão. Desprezo do irmão pela fé do pastor. Se religião era ruim, inconcebível como profissão. E que religião poderia ser boa se tinha um funcionário como aquele. Sem respeito nem constrangimento, ria alto. Muito. Ao pastor, restou algum conforto na mansidão do sobrinho. Uma frágil vingança.

Azeda herança.

A cunhada era educada. Sempre e com todos, inclusive com o pastor. Mulher sem ambições maiores, sem desdém ou preocupação com aparências e deveres. Melhor assim. Salva-se de vaidade e hipocrisia. O pastor considerava o jeito dela uma forma de retidão. Um valor. E, assim reta, a mulher não se curvava ao marido. Desviava. Deixava o corpo ali e se ausentava. A carcaça largada olhando para ele enquanto levava o pensamento para passear. Longe. Se estivesse na fila do banco, a cunhada educada e reta não olharia para ele. Estaria em outro lugar. Longe. Ali, só o corpo esperando a vez. Se na fila do banco, a sua fiel desgarrada também não olharia para ele. Nem o segurança do banco. Afinal, ele não só era como parecia completamente inofensivo. Sorri.

Não.

A sombra volta.

O pensamento. De quando esteve à beira. Uma grande ofensa sem salvação. Talvez sua fiel tenha visto. A sombra que ele próprio não conseguia encarar. Talvez por isso desgarrou. Por medo. Por repulsa. Mais do que à sombra. A ele.

* * *

A mulher tinha perdido o primeiro filho. A sua menina. O marido não deixou que ela visse o bebê. Quase oito meses. Uma pequena criança, inteira e feita. O seu bebê. Ela não entendeu quando ficou doente. Assim, de uma hora para outra. Antes tivesse morrido. A mãe no lugar da menina. Era a ordem certa das coisas. Junto com ela, pelo menos. Na época, o marido conseguiu ser o melhor de todos os homens. Acalentou. Cuidou dela e de sua enorme tristeza. Falava com alguma alegria dos filhos que ainda estavam por vir. Bonitos e fortes. Como se soubesse. Como se visse. A família feliz era destino. Precisava ter paciência. A mulher ouviu. E, ainda calada, obedeceu. Aceitou de bom grado o afeto do marido. O tempo passou. Ela se deixando ainda acalentar e cuidar. Aquele seu homem largo e de coração bom. Não tivera outros namorados. Só namoricos, moços que a beijaram com mãos perigosas desejando suas carnes e umidades. Quando ele a tomou para si, ela era quase virgem. Se era só física a virgindade perdida. A jovem mulher ainda estava intacta dentro de si, no resguardado lugar da entrega amorosa. O homem grande soube ver. Antes e também nesse momento. E pôde oferecer seus braços para ser ninho. Naqueles dias tão longos. Em muitos outros. De mãe sem filhote. De choro sem fim. De afago em roupinhas desocupadas. De um berço inútil. De uma casa povoada de sinais de espera, de ausência. De uma menina que só vivera ali, dentro dela. Alguns dos dias eram mais difíceis. Demais. A mulher desesperava. O marido sabia. Ia trabalhar preocupado. Antes, avisava os vizinhos, pedia. Que fossem os olhos dele, os cuidadores dela. E num desses dias. A vizinha entra, ela tão desgostosa. E, feito criança, a mulher é então levada pela mão. De novo, obediente. Deixa que a levem. A vizinha, pela vida.

Um destino.

Andam até ali. Na garagem de um sobrado, uma igreja. As cadeiras de plástico enfileiradas, algumas cor de laranja. O rebanho. Um pastor que, de cabeça baixa, lê devagar, murmurando baixinho. Elas entram. E a mulher, ao se deixar levar, já se faz um pouco ovelha também. Dócil e silenciosa. O pastor interrompe a leitura e olha para elas. Mais para esta que não conhece. É um contentamento. Sorri, manso. A mulher não vê ninguém. O olhar passa sobre todos, através dele. Está tão cansada. A vizinha conta. O bebê. Oito meses.

Ah.

O pastor olha novamente. É outro esse olhar. De compaixão. De convite. Fiquem. O culto vai começar. Elas sentam. A mulher escolhe uma cadeira laranja na segunda fileira. Parecia mais seguro. Alguém entre elas e o pastor. Alguém entre elas e o que se passaria ali. Afinal, o mundo tinha se tornado um lugar instável e assustador. Sentia um medo constante e impreciso. E ansiedade. A desproteção na falta do marido. Do ninho. O culto começa. O rebanho canta. Com vontade e vozes fortes. O pastor fala. Manso, sempre manso. E sorri. A mulher só olha. Sem entender o que ele diz. Olha para a vizinha que ainda segura sua mão. Os olhos umedecem. Reconhece o esforço da amiga. Acha bom. E sorri. Um pouco. Apesar do cansaço. O rebanho canta mais. Gostam mesmo de cantar. Até que acaba.

Bom.

A mulher quer voltar para casa. E comer purê. Uma novidade. Se desde a menina tinha perdido as vontades. Vivia de papinhas e sopas. Comidinhas de um bebê que não vivia mais dentro dela. Que não vivia mais. O pastor se aproxima. É ele quem segura sua mão agora. Ele diz, ela ouve. Sua menina está junto d'Ele. Um pequeno anjo de Deus. A mulher olha para o pastor, não mais através dele. Dos olhos escorrem lágrimas. O desejo de purê esquecido. As vizinhas voltam. Ainda de mãos dadas. Em casa, o marido já fez macarrão com molho de latinha. A mulher come com algum gosto. Sorri. Ela vai até ele e o abraça. Sente gratidão. Por ele existir. Por abraçá-la e gostar dela. Segura seu rosto entre as mãos. Beija aqueles lábios, os olhos. E reconhece. Aos poucos. O rosto, o pescoço. Acaricia o peito, por dentro da camisa. Acaricia. Por dentro. Antes de acabar o macarrão. Emaranhados. Um no outro. Ele a carrega até a cama. Ela quer se dar para ele. Porque amor, dor e gratidão se misturam. Neste momento. Assim como os líquidos. De um e outro. Assim.

Assim.

Bom.

O menino mais velho. Posto no caminho do útero. Bom também nos dias seguintes. Gradualmente, ela volta. A viver. A ocupar o corpo. Guarda as roupinhas em uma mala. Sem saber ainda. De um destino por se cumprir. Volta também à igreja. Com e sem a vizinha. E num dia. Sem ensaio nem aviso, canta. O marido sente alívio ao olhar para ela. A morte despregou. Finalmente. Dessa mulher que por muitos dias esteve morta. Não deixava de ser um milagre de Deus.

Aleluia.

O marido aliviado. Fez certo em não deixar a mulher ver a filha. Bastava ele. Que aquela imagem se imprimisse só nos seus olhos. A menina morta. O bebê deles dois apenas adormecido. Menina perfeita. Logo que viu, teve impulso de pegar no colo. Bebês sentem frio. Não pegou, mas fez carinho. A carne fria, enrijecendo. E chorou, soluçou. Ele próprio um bebê. Frio dentro dele. Sem colo nem consolo. A menina posta no pequeno caixão cor-de-rosa que ele mesmo escolheu. Imaginou aquele montinho de carne fechado no escuro. Tão úmido. No cartório, deu à filha o nome de sua mãe. Para que olhasse pela neta. Lá. Para que estivesse à espera quando a pequena chegasse. Alguém iria cuidar. Foi no que quis acreditar. Para não desnortear, desconsolar de vez. E então, por muitos dias, abraçou a mulher. Muito. Se o frio dentro dele não passava. Se, mesmo sem dizer, estava também um pouco morto. Menos que a mulher. Antes assim. E, para viver, tomou a esposa por missão. Ela, o seu melhor lugar no mundo. Dela escondeu toda a sua tristeza. Por temor de que ela seguisse a menina. A morte agigantando. A mesma que engoliu sua mãe e, agora, a filha. Não gostou muito quando ela começou a ir à igreja. Mas se lhe fazia bem. Se até começou a cantar. No culto, em casa. E, desta vez, quando a barriga começou a crescer, não teve enjoos. Outra bênção. Renascia para um outro bebê. O marido só pôde ficar feliz. Renascia para ele também.

* * *

A mulher não tinha filha nem sogra. A mãe do marido morreu cedo, ele ainda pequeno, órfão. E agora sem a filha. Mulheres deixando vazios na sua vida. Por muitas vezes, conteve o choro. Pela esposa. Por si. Temia que o buraco do abandono pudesse alargar e engoli-lo. Em outra manhã, fazia muitos anos. Chovia. A irmã mais velha aparece na escola, sem aviso. As outras crianças silenciam quando a veem parada à porta. Os olhos inchados. Era algo ruim, muito. Tão desconsolada, os braços pendurados ao longo do corpo. A professora vai até a carteira dele e se abaixa ao seu lado. Diz que ele precisa ir com a irmã. O menino não faz perguntas e guarda o material. Quieto, de cabeça baixa. Sente o peso da desgraça e do olhar dos outros. A pena e o alívio. Ainda bem, é com ele e não comigo. A professora o acompanha até a porta segurando sua mão. Como nunca antes. No corredor vazio, a irmã também se abaixa. E o abraça. Com demora. Como nunca mais. A mamãe.

A mamãe.

Lembra do chão ficar estranho. De andar flutuando. Um astronauta. Lembra de ser bem baixinho. A mão da irmã, maior que a dele. Ela o prendendo à Terra. Câmbio. Mão para que não flutuasse sem destino pelo espaço. Perdido. Alô. Até trombar em um planeta, uma estrela distante. A nova casa da mãe.

Câmbio.

Faltou no dia seguinte. E só. Dois dias depois, voltou para a escola. Sem falar de caixões ou flores. Da mãe que não deixaram ver. Dos tapinhas nas costas. Dos afagos na cabeça. Coitadinho, tão pequeno. Sem falar da morte. Os outros tinham vontade de saber, mas vergonha de perguntar. Medo que a morte da mãe fosse algo contagioso. Melhor não. Os dias passam, esquecem. Só na escola. Em casa, a mãe estava por toda parte. Mais na tristeza do pai. O filho caçula fez o seu melhor. Tanto esforço. Um dia, o pai está adormecido, jogado na poltrona. O menino pega o braço do pai ali largado e põe sobre seu próprio ombro. Se não o abraçava, podia tentar ajudar. Sem soltar o pesado braço, com o corpo todo torto. O filho deita a cabeça no ombro do pai. Esse, sem norte. Que tivesse logo rumo, bússola. Se o filho tinha tanto medo. O pai solto e sem nave, desgarrado. Por aí. E ele.

Câmbio.

Tristeza. Foi o que viu no pai sentado na poltrona. A mesma que havia dentro dele. Ainda tão menino. E agora, de novo. Na mulher abandonada pela cria, pela vontade de viver. Se perdida, a vontade de viver podia nunca mais encontrar o caminho. Esquecer de vez da mulher como lar. Ir para nunca mais. O marido quis que a barriga murchasse logo, esse ventre, casa vazia. A moradora partiu, teve que ir. Antes. Muito. Tanto. Alguém chamou. Deus. Mas e isso podia ser coisa de Deus. Essa dor. Via a mulher acariciando a barriga. Às vezes ela ainda sentia mexer. Lá dentro. Deviam ser correntezas, ventos. Tornados. De raiva e incompreensão. O marido assistia com a boca amargando, os olhos marejados. E então saía para a rua olhar os carros. Ou não. Se raiva e incompreensão ventavam também ali. Dentro dele. A mãe indo embora. Ainda. De novo. Ele na carne do pai. A filha indo embora. Ainda. De novo. Sempre. Ele na sua própria carne.

* * *

Seria o chão que ela pisa. Ela, essa mulher sem rosto ou nome. Mulher hipotética que o pastor jamais chegou a conhecer. Apesar da procura. Tanta. Estranhas, encontrou mulheres ásperas. De alma. Os anos foram passando. Sem ela. Veio Deus. Ocupando muitos lugares e tempos. Deixou de procurar. Não de precisar.

Antes.

Muitos anos.

Em uma noite. A namorada de alguns poucos meses. Ela fala sem parar. A voz aguda despejando reclamações. Dele como homem. Como mal ganhava a vida. Como mal cuidava dela. Ela o acusa. Pisa. Humilha. Ele tenta argumentar, ela não ouve. Ela não para. Ele tenta. Ela não ouve. Ela não para. Quando dá por si, as mãos dele em arco.

Súbito.

Silêncio.

Os polegares paralelos, os demais dedos como asas abertas. Ah. Alívio. A carne sob as palmas, quente e macia. Bom. Bom. As mãos desejando um abraço, estreitar a distância. As mãos envolvendo aquele pescoço, o início da coluna e seus muitos ossinhos. O perfume não é bom. Quase. Persistente também, como ela. Aperta. Um pouco mais. Sente no polegar direito. O palpitar, o sangue correndo à revelia. Cheio de vontades. Aonde vai. Tem que parar.

Não para.

Esse hálito de chiclete. Não. Esta não é ela. Aquela para quem ele seria o chão, terra firme, porto seguro. Esta outra só pisa. Humilha. Uma vagabunda. A moça desmaia. Ele enfia a mão e os dedos dentro dessa boca. Úmida e quente. Boca quente e suja. Bom. Bom. A outra mão desce. Mais, um pouco mais.

De repente, uma urgência.

Agora.

Agora.

Desafivela a calça. Os dedos dentro dela. Na boca, sobre a língua. Quente. No meio das pernas. No meio dos pelos. Úmido e quente. O cheiro pegajoso. Pega o membro, mas não dá tempo. Agora. Agora. Escorre entre os dedos. Ele abre a boca num susto. A boca cheia de saliva.

Bom.

A moça desperta. E, confusa, bate nele. Ela é uma criança. Não sabe direito o que aconteceu, mas foi ruim. Nojento. Tem certeza. Vai embora. Vai. Ele fica. E sua. Uma sensação confusa nas mãos que pulsam. Vivas. Sente ainda nos dedos a boca, a mulher. Úmida e quente. Sente ainda a jugular pulsando nas mãos em asas. Não.

Ninguém pode saber.

E se escapar. Pelos poros, nas secreções e nos odores. Na sua cara. Não. Ele fecha a boca e engole em seco.

Depois.

Muitos anos.

O pastor, sonolento, tenta ler. Já não sabe se ainda está acordado. Talvez pouco. E então sente uma sombra. Ali, à espreita. Não. Tenta voltar às palavras. Lamentações 3. Sente as pálpebras pesadas. Uma névoa no peito. Uma mão grande e pesada. Úmida, apertando. Ergue as mãos, em oração. Um pequeno arco. E, sem aviso, volta a sensação em suas mãos. Aquele pescoço. O início da coluna e seus muitos ossinhos. A carne, a pele. Quente e macia. O palpitar da jugular sob o polegar direito. Volta o perfume. Quase bom. Persistente. O cheiro de chiclete daquela boca. A palma da mão preenchida pelo seio. O mamilo roliço entre o polegar e o indicador. O ventre. Nos dedos, o volume dos pelos ásperos sob a calcinha. A saia levantada. A umidade. O cheiro pegajoso. Aquela urgência. A boca entreaberta. Bom. Bom.

Silêncio.

Ele levanta e perambula pelo quarto. Meu Deus. O que era isso sobre a sua alma. Tão próximo. Uma queda. A danação.

Talvez. Da carne e do espírito. Gálatas 5. Porque a carne cobiça contra o Espírito. Não. Era mais do que isso. Estava além, uma provação. Talvez conseguisse se salvar através de uma boa mulher. Uma filha de Deus. Na comunhão abençoada entre os corpos. A aflição diminuída. Sem urgências da carne sobre o espírito. Sim. Sem morte. Olha para as mãos. Suadas. Que vontade era essa. Deus. Tem dúvida de tudo aquilo. Se sonho ou memória ou tentação demoníaca. Receia acordar e ser memória. Receia não mais dormir por ser sonho. Por ser memória, cai de joelhos.

Meu Pai.

Por favor.

Precisa de silêncio dentro de si. Essa aflição. Sem calma, ainda. Exausto, adormece. No chão, como um feto. Sem sonhos. Ou sem memória deles.

* * *

O pequeno caixão cor-de-rosa. Ainda menor sobre o carrinho metálico. O mesmo para este ou largos caixões de alças reforçadas. Na única vez que importa, ninguém pode cair. Alças e carregadores sem direito a falhar. O carrinho ali para acudir. Se o cansaço ou o peso podiam ser demais. Acontecia. Esse pesar.

É.

Uma senhora muito baixinha com pés de criança. As bochechas grandes e flácidas. Caídas com o tempo, contornando o sorriso. Um homem magro e alto. Um pouco corcunda. Mais de culpa do que de idade. A voz, áspera de tanto cigarro a vida toda, calada em definitivo. Uma bela mulher acidentada. O caixão lacrado escondendo as carnes costuradas. Sem esmero. Bastava que as vísceras não escapassem. O rosto visível pela janelinha. A inevitável e mórbida curiosidade por esse corpo vedado. Desabitado e inumano. À beira do apodrecimento, maiores os pudores. O corpo por não ser só carcaça. Não. Em todos os caixões, borboletas metálicas.

Borboletas.

O caixão da mãe tão grande. Ele ainda tão pequeno. O caixão na altura dos olhos. A cruz prateada. Flores e enfeites entalhados na tampa. As alças, também prateadas, carregadas pelos homens. Muitos. O pai, um amigo, um primo da mãe, os tios. As coroas de flores coloridas com faixas. Letras colantes douradas. Desta vez, não. As borboletas metálicas eram do caixão da filha. Na coroa, não sabe o que escrever. A florista sugere. Saudades eternas de sua família. Mas se não chegou a nascer. A florista corrige. Ele concorda e diz o nome. Da mãe. Agora também da neta. Carrega o nome como fará com o caixão. Pouco peso, muito sofrimento. Duas alças prateadas dão conta. Uma de cada lado. Sem cruz. Pequeno, poderia abraçar o caixão junto ao corpo. Um último ninar de um bebê que não viu chorar. Esperam. O caixão ainda sobre o carrinho. Enquanto espera, vê. Entre a tampa e a parte de baixo, um pouco de renda branca. Presa. O coração aperta. Sente como se estivesse malfeito. Como se tivesse prendido um pouco da manta rosa que cobria o bebê. Como se a renda branca fosse um pouco do bebê. Preso. Uma dor imaginária. Quer abrir, arrumar. Quem sabe não estivesse viva. Quem sabe não desapareceu. Um milagre. Uma mentira.

Um tesouro de moedas douradas, de chocolate. Confusão de um pirata, caixão feito baú. Uma espada de plástico, anéis e pulseiras de bijuteria e chicletes de tutti frutti. Quer abrir e ver. Mais uma vez. Só um pouco. Sua menina. O bebê na memória dele.

Só dele.

A renda ainda presa sob a tampa. Disfarça a aflição. A menina não tem dor. Nem frio. Nem alergia. Não espirra por causa das flores. Da umidade. Aquele cheiro. Da podridão e dos vermes devorando as carnes de outros nas gavetas. Seus vizinhos. Não. A campa ainda é só dela. Companhia só mais tarde. Talvez anos. Sabe Deus. Está tudo errado. Ela deveria enterrá-los, pai e mãe. Talvez nessa ordem mesmo. Ele primeiro porque as mulheres duram. Resistem, persistem. Não gosta nem de pensar. Sobrar à mulher. Só. Sem ninguém para cuidar dele. Sem ninguém para ele cuidar. Sem a mulher. A cama feita grande demais. Vazia. De súbito. Agora e sempre foi tão bom. Ela, ali. Quieta, sem se mexer muito. O sono tranquilo. O corpo quente e macio, familiar. A cova fria e dura, familiar. O coveiro dentro da cova, pedreiro da casa da filha. Em alguns anos só sobrarão os ossinhos. Delicados e finos, esqueleto de um bichinho. Os cabelinhos, tantos e tão finos, ainda grudados no crânio. A coroa de flores por cima do caixão. Uma pétala branca caída. Parece tinta. Uma lágrima de tinta. Ele segura as suas. Os olhos secos na marra, apertando os dentes. Um ruído seco dentro da boca. Uma pequena lasca. Passa a língua, um lugar áspero. Machuca. Vem o gosto metálico. Ele engole a seco. Junto com as lágrimas.

* * *

Danação eterna. Risco agora não só do marido e dos filhos. Dela também. Pior. Se ouviu. Muitas, tantas vezes. E ainda assim. Desviou. Usar o livre-arbítrio para justamente voltar as costas. A Ele, à palavra. Aquela da boca do pastor. Aquela encerrada em seu livro fechado com zíper. Livro mais fechado há algum tempo. Cada vez mais. A mulher era agora uma perdida. Desgarrada do caminho rumo aos céus. Trilha que até então podia passar por aquela garagem. Pelo sobrado com suas cadeiras de plástico laranja. Deus podia, sim, ter esse estranho caminho. Podia, mas agora ela duvidava. Sem conseguir explicar. A mulher pensa no vizinho. Morto recente. Solteiro sem ser só, foi de partida repentina. Ele e seus colares de miçangas, de chifre serrado em anéis pretos. Ela achava bonito, apesar de ter dó do boi. Mas se comiam a carne em bife frito na frigideira com alho e cebola. O chifre não era ruim se podia virar homenagem. Respeito póstumo. E esse pensamento dela. Antes seria oração. Agora sem saber. Se Ele podia ainda estar ali. Por ela. Ter e lhe dar ouvidos. Como antes.

Será.

O vizinho era boa pessoa. Entendia e ajudava ao conseguir se colocar no lugar alheio. Mas a morte não se apiedou. Curado do câncer, morreu cuspindo sangue da úlcera supurada. Ela lembra. Naquele dia, antes de ir para o hospital. Ele ainda fumou. Pouco. Com cara de traquinagem. Por aí, diziam que tinha gosto por homens. Moços, bonitos. Ela mesma nunca soube. Melhor assim. Nada de viúvo, filho ou dívida. No enterro, só apareceu uma prima distante. Partiu levando tudo que pôde. Sem fazer pergunta nem dar satisfação. Sem se importar. Sem querer saber do primo querido de muitos amigos. Do chefe bom para os seus subordinados. Essa injustiça e egoísmo não eram dele. Se de onde estiver viu, não aprovou. Rogaria praga.

De onde.

Sem fé, não sabia onde pôr o vizinho. No culto, ensinavam que o vizinho ficaria aqui mesmo. Preso a esta terra de pecados e provações. Mesmo morto. Sem fila, mas à Sua espera. Uma espera na morte se, em vida, faltou a fé certa. Fé no Deus feito homem. No poder do sangue. Na carne feita pão. É por Ele que todos esperam. Também lá, na garagem. Enfileirados, esperam sentados nas cadeiras de plástico. Por Ele e a salvação. Ele e um novo julgamento entre os homens. Essa era a chance de salvação do vizinho. As obras postas na balança. Na boa sentença, um lugar perto d'Ele. Desse que é três. Mas se o vizinho, além de gosto, tivesse atos com os moços, aí perdia-se. De vez. Pela eternidade. O povo da garagem tinha certeza. Ela, não.

Seu coração aperta.

Não podia ser assim. Já que era também amor. Mesmo diferente, parecendo torto. Tanta coisa pior. Quem haveria de sobrar. Só o povo da garagem. Não. Nem ele. Povo desse Deus duro e seco. Senhor de um paraíso deserto. Não. O vizinho enterrado, não havia de ser desenganado. De novo. E depois de morto. Não. Isso é que não era de Deus. Cada coisa. Outro dia a amiga conta. Uma parente morreu de câncer depois de muito remédio e radiação. Sofreu, a dor marcada no rosto da morta. Meses depois. Precisaram desenterrar para vagar a cova. A amiga testemunha para não errarem. Cova, caixão ou parente. Obrigação legal tão desagradável. Os coveiros retiram e abrem o caixão. A amiga está lá para isso. Ver. Ela então reconhece. O rosto e ainda aquela dor. As roupas estão meio carcomidas, mas o corpo foi poupado. Uma surpresa. Meses depois. A parente fria e dura. Uma cor difícil de descrever. Teve medo daquela carne rejeitada pelos vermes. Amém que seja só pelos vermes. A mulher volta a pensar no vizinho. Enterrado. Talvez também rejeitado pelos vermes. Se teve antes um câncer. Quem sabe. Talvez carcomido pelos vermes, rejeitado por Ele. Ou não. Se da Sua boca sai o bem e também o mal. O povo da garagem podia afinal estar errado. As palavras confundem. E se o próprio demônio é um anjo. Estranhos caminhos, os d'Ele. No seu, perdera a fé. Como quem deixa cair algo. Como quem esquece o guarda-chuva se parou de chover. Guarda-chuva, compra-se outro. Barato, para poder perder de novo. Sem culpa.

Mas e a fé.

Perdida, a fé da garagem. Fé dura e seca. Fé de deserto. Caída por aí. De fé perdida, é a mulher quem se perde. Mas talvez sua fé fosse também barata. De segunda linha, para perder assim. Sem culpa. Para logo arranjar outra. Talvez. Talvez não.

* * *

O pastor está sentado em uma cadeira clara, não uma cor de laranja. No lugar de um dos fiéis. De frente para o pequeno altar. O jornal aberto. Lê sobre mais uma das meninas. Apenas nove anos. Uma foto grande e mal tirada. Uma bagunça ao fundo. A vida ruim, a menina séria e desconfiada. Com uniforme da escola. Sem sorriso nem cara de criança. Violentada e agora morta. Em sua própria casa, por um morador de rua. Alguém que a mãe conhecia e fez entrar. Fumaram crack. Até acabar. E, quando acabou, ela saiu para buscar mais. O pai no sofá da sala, as filhas no quarto. Todos dormem. Um deles, não. Espera. Ele espera por mais. Acordado, agitado, impaciente. O tempo não passa. Ele vaga pela casa. Vê as filhas. Não. O pastor para de ler a notícia. Não consegue evitar os pensamentos. Não consegue parar a imaginação. Na sua cabeça. Os cabelos desgrenhados, os olhos arregalados. Do homem. Das filhas. Na foto da polícia, ele tem sangue e um corte na testa. Esse homem que arqueja sobre a menina. Dentro dela. O cheiro do corpo e das roupas. As unhas pretas de sujeira. Crescidas e curvadas, garras. O hálito, o olhar desvairado de vontade. O pastor não para, imagina. Vê. O homem a segura. A menina grita. Não lhe falta força. Não naquela hora. Ela esperneia. Ninguém ouve nem aparece.

Droga.

Nem Ele. Que tudo vê e ouve. Meu Deus. O pastor pensa em outros por aí. Na comida que dão na padaria ali perto. Comida, porque dinheiro é mais difícil. Comida alguém sempre dá se culpa há de sobra. Na sua igreja, não davam só comida. Para ninguém. O primeiro alimento tinha que ser do espírito. Depois o corpo. Era preciso aceitá-Lo. Antes. De tudo e acima de todas as coisas. Percebia os fingimentos. A fé de última hora. Descartada mal virando a esquina. Alguns preferiam ir a outros lugares. Não àquela Sua casa. Uma garagem. Um pasto. Casa do Senhor e Seu rebanho. Meu Deus. O que estava acontecendo. Eram apenas meninas. Não bastava arremessar pela janela. Ou pôr numa mala sob a escada da rodoviária. Não. Crianças. Meninas.

O Senhor devia estar mesmo muito ocupado. Se não Ele, quem para olhar por elas. Ainda que não tivessem fé. Crianças. Meninas. Ele vira as costas, se assim permite. O mal se aproveita.

A sombra.

De mão larga e pesada. Apertando o coração dos homens. Espremendo até esvaziar. Até só restar o músculo. Sem força ou sangue para pulsar. Sem dó. Só dor. Os homens sentem. O mal. E aos poucos se acostumam. Se tudo podia ser muito lento, quase imperceptível. A mão do mal risca, arranha. O coração inflama. Um pouco. Cada vez mais. E, porque no lugar do sangue começa a correr pus, o homem passa a não sentir. O coração apodrecendo, esvaziando. De amor. De alguém. De alma. Deus. O oco virando lar. Casa da sombra onde o mal logo se instala. Feliz e esparramado. Esparramando-se. Aos poucos, experimentando braços e pernas, a língua. Passeia pelas ideias, prova do desejo. Aos poucos. E, assim, faz do homem uma besta. Com fome. Muita. Fome que, sem poder calar, grita impaciente. É hora de se divertir. De saciar. Besta-fera, esse morador de rua. Não bastou profanar. Teve que matar. A fome e a criança. Asfixiar, estrangular. Talvez com um cadarço. Não se lembra mais. Talvez com as mãos.

As mãos.

O pastor sente um calafrio. Engole em seco. Fecha o jornal. Fecha os olhos. Mas se não chegou a fazer. E não era uma menina. Não. Olha para as mãos. Não há nada. Nenhum sinal daquela noite. Daquele algo terrível que só teve começo, nenhum fim. De sua falha maior. Sua vergonha. As mãos sem rastros daquele pescoço. Do pulsar do sangue. Meu Deus. Do que ele próprio escapou. Do mal apertando o coração. À beira de apodrecer e cair. De se perder. Sem volta. Meu Deus.

Deus.

O pastor tira os óculos. Quer chorar. De gratidão.

* * *

Assim que olhou para ela, teve certeza. Esta mulher não o abandonaria. Não como a mãe. Coitada. Não que fosse querer ou escolha. Foi Deus. É o que disseram. Às vezes pensava diferente. Ainda hoje. Ela partiu porque quis. Ela partiu porque não os quis. Ele, pai e irmãos. Mais ele. Se por menos tempo quis a ele, o caçula. Com os anos, cansou de pensar. Sem esquecer, deixou de lado. Deus quis assim. É. Mas pôr de lado não fez parar de doer. Nunca. Não fez saber o que fazer da saudade. E também disso que não sabia ao certo. O amor da mãe. O olhar da mãe. Acarinhando, cuidando dele. Queria poder lembrar. Tudo vago, embaçado demais. Da dor lembrava bem. Fosse a dele ou a dos irmãos. A dor do pai, enorme. De um abraço dela, não conseguia lembrar. Nem de um sorriso ao mostrar um desenho logo ao chegar da escola. Um outro sorriso. Para o menino cheiroso. De pijama, depois do banho. Antes de dormir. Um outro abraço. Numa noite de pesadelo e de choro sentido. Não. Lembrava bem da irmã deixando-o na escola. No dia seguinte ao enterro. Não queria, mas obedeceu. Ficou ali, de pé. Atrás da grade de ferro. Ficou ali, de pé. Vendo a irmã ir embora. Sentiu-se pequeno e infeliz. A professora foi buscá-lo. Ele ainda olha para a irmã. Ela para e se vira. Uma mágica. Milagre. Ele sorri. Ela vai voltar.

Ela acena para ele. Dura tão pouco. Logo ela se vira e vai mesmo embora. Aquela tarde seria longa. A mais longa das tardes.

Sim.

Aquela moça. Ela não o abandonaria. Aquela moça seria sua mulher. Sim. Se nos olhos tinha um colo. De onde tirou isso. E, mesmo sem saber, quis. A moça simples e quieta. Sem paixão nem desejo. Uma atração mansa, calmaria batendo no peito. Sensação de casa. Acreditou que seria um homem melhor. Por ela. Por estar com ela. Um orgulho meio descabido. De si. Dela. Deles dois. Mas se nem sabia o seu nome. Mas se ela nem olhou pra ele. Foi invisível por bem pouco tempo. Logo aquela moça veria tudo. Nele. Nos gestos. Nas palavras inteiras e pela metade. As não ditas. Amaria essa mulher. Com a certeza de que era lastro seguro. E assim, cheio de uma confiança amalucada, aproxima-se. Dela, a amiga de uma vizinha. Passeando por ali, de visita. Ela olha para ele. De frente. Sem receio. Com alguma dúvida.

De repente.

Sorri. Aqueles lábios finos desenhando uma curva. Faceira. Gostou dele. Tinha algo de familiar. De reencontro. Sem nunca tê-lo visto. Naquele desconhecido, seu mais novo amigo de infância. Desde sempre. Logo depois sorriu mais. Sorriram. O embaraço indo embora. Sobrando fácil os assuntos, as vontades. Logo depois. Ela diz sim. Quando ele a pede como par. Para uma dança. Bem pouco depois. Ela diz sim. De novo. Quando ele a pede como par. Para a vida.

Sim.

Até um dia. Até um caixão cor-de-rosa. O homem e a mulher, pais sem filha. Ele ali, só. E, olhando para o caixão, teme. Muito.

Que o seu lastro se perca. Ela. A moça, mulher. Sua. O chão abrindo sob os pés. Teme que ela não resista à menina que se foi. De dentro dela. Daquele abrigo morno e seguro, feito ventre frio e oco. Se maior o vazio de alma do que o de ventre, a mulher fica sem consolo nem remédio. Dois, os abandonados. Dessa vez, sem aceno. Outra tarde longa demais. Ocupou-se da tarefa de cuidar da mulher. Um jeito de ele próprio resistir. Se precisava de seu lastro para que nenhum vento mais forte o levasse. Para não perder-se de si. Por aí. Resistiu então. Por ambos. E, quando ela finalmente voltou a sorrir, agradeceu. Aos céus. A Ele. Meio sem jeito nem graça. Sem saber. Talvez tenha sido mesmo coisa Sua. Se foi depois de ir de visita à Sua casa. Se é que aquela garagem podia ser casa. A mulher pôde. Foi casa de uma menina que partiu. E será casa de novo. Ele sorri. Ela sorri. Ainda sem saber da criança que já hospeda. Dessa vez há de vingar. E viver. Era um bom sinal. Se entre eles também começou com visita. A mulher agora então visitava Deus. Em vida. Depois da morte. Que Ele mandasse a morte visitar outros lugares. Ir e demorar muito já que não adiantava pedir para nunca mais voltar. Que a morte esquecesse deles. Por uns tempos. Uma calmaria para o povoamento do ninho de ventre e braços. Que a morte cuidasse da sua tarefa longe dali. Isso de buscar, passar a foice e levar embora. Longe.

Vai.

* * *

A mulher entra em outra igreja. Alta e larga. Umas poucas pessoas. Dá alguns passos e logo percebe. É missa de sétimo dia. No altar, um cartaz. Um sorridente homem de meia-idade e óculos. Ao fundo, uma paisagem de calendário, de pico alpino nevado. A mulher tem dúvidas se o morto aprovaria. Ao menos o sorriso parece espontâneo, ignorante de seu uso. Sorriso que sobrevive ao corpo, por ser gravado na memória alheia. No altar, além do cartaz, um padre baixo e careca. De rosto redondo e óculos retangulares, de voz séria e pausada. Um padre gordinho. A barriga protuberante parece mais indecente se gula é pecado capital. Mais vício para ele do que para os demais. Sendo Seu funcionário, a responsabilidade do cumprimento aumentava. Mas talvez bastasse executar bem o ofício. O cálice erguido ao alto, ele abençoa e bebe. Tudo. Coloca um pouco mais de água, gira o cálice e bebe novamente. Limpa e enxuga com um guardanapo de pano branco. A mulher sempre tinha gostado dessa parte. Tão cotidiana, essa limpeza improvisada. O cálice sagrado em um banho de gato. Nada de esponja de aço nem detergente. Não. O sangue e o dourado profanados. O sagrado e o brilho perdidos para sempre. Ela blasfema. O sangue devia ser posto e bebido em copo americano, daqueles de média na padaria da esquina. Por ser justamente esse, o sangue. Poderia então abdicar de embalagem cara e reluzente. Devia bastar o milagre.

Nada.

O sangue tinha virado coisa do mundo. Falso como os candelabros e aquelas velas elétricas. Bastava inserir uma moeda. Ali mesmo, nessa igreja. Velas de chamas tremulantes, ligadas na tomada. Pensa na igreja da garagem. E súbito. Sente-se tola.

Se, das velas, pensa em ovelhas. Ela, do tipo decorativo. Sem balir no cenário do presépio. Aqui também, neste outro rebanho. Permanece mansa, balbuciando trechos inteiros da missa. Vestígio da infância de filha de beata. O caminho a pé, a igreja perto de casa, a mãe segurando sua mão para atravessar a rua. A menina preocupada. A mãe nem sempre comungava. Que pecados podia ter. A menina sabia dos seus. A inveja que sentia das meninas da escola, todas mais ricas e bonitas. A raiva que tinha da mãe quando lhe inventava tarefas. O ódio e vingança das brigas com os irmãos. Para uma menina como ela, assuntos sérios. Pouco dignos de Deus. E então sentia vergonha. Menos dos atos e palavras, mais de confessar. Sua vida de criança feita grave e acinzentada.

Um desperdício.

A mulher suspira. Olha ao redor. Do lado esquerdo, uma mãe com uma criança. A menina não presta atenção no padre. Tudo tão desinteressante. Não olha também para as pinturas nas paredes e no teto. Remendadas com cimento, desbotadas e cheias de rachaduras. A criança desenha usando o banco como apoio. De costas para o padre e o Cristo pendurado na cruz. Rabisca contando histórias, pequena deusa de mundos minúsculos. Às vezes, a menina se empolga e fala mais alto. A mãe olha, censura a inconveniência, temendo o embaraço. A filha não percebe. Por segurança, a mãe oferece um pacote de salgadinhos. A menina aceita. Logo começa a mastigar ruidosamente, desenhando e contando suas histórias. De boca cheia. Ninguém a ouve nem se incomoda.

Não.

A mulher levanta. Vai embora dessa missa carrancuda, sem alegria nem música. O morto também teria achado triste. Qualquer um. A morte já tinha tristeza o bastante. Algumas pessoas choram. O morto devia ser um bom amigo, um pai carinhoso. Pela foto, o sujeito era magro demais. Sem combinar com afeto e carícias. Sem conhecê-lo, imaginou-o tímido, sem jeito. De mãos duras e afagos brutos. Tudo por causa daquele cartaz. Do sorriso emoldurado por picos alpinos. Ainda bem que o marido não era assim. Diferente do morto, tinha mãos quentes e macias. O peito bom de aconchego e proteção. E assim, como se não o visse havia muito tempo, sentiu saudades.

Uma urgência.

Saudades desproporcionais, apaixonadas. Para muito mais de um punhado de horas desde o café daquela manhã. Com agonia. Sem maus pressentimentos. Saudades de amor, vontade de estar perto. Dele. Com ele. Escurecia. A mulher apressou o passo. A noite por vir já nascia curta.

* * *

Neste outro dia. A mulher não entra em igreja alguma. Trabalha, sai mais cedo e desce no meio do caminho. Quis olhar vitrines, talvez comprar uma sandália. Alta, para variar. Algo para o verão. Ela, essa mulher bonita, ainda uma desconhecida para si mesma. De pés frescos, mesmo que um pouco sujos da poeira da rua, da avenida congestionada só em um sentido. Bairro. Ela e um casal atravessam contornando os carros parados e impacientes à espera do semáforo abrir. Chegam ao meio, os três sobre as faixas pintadas de amarelo fazendo as vezes de canteiro central. Esperam os carros pararem no sentido oposto. Centro. O casal veste branco. Ele, médico. Pode apostar. Alto e altivo, confiaria em ser sua paciente. Um pouco grisalho, até bonito. Brinca em adivinhar sua especialidade. Cardiologista, ortopedista, otorrinolaringologista. A mulher ao seu lado é mais velha e pequena, ainda menor perto dele. Não parece médica, não tem o porte. Talvez enfermeira. Talvez só auxiliar. O cabelo curto está tingido de loiro-claro. Talvez "Louro-Mel".

Súbito.

Sem aviso. A enfermeira se separa dele, do médico que faz menção de segurá-la. Não. Ela dispara, impaciente demais para chegar logo ao outro lado. Não chega. Um estrondo. O médico testemunha. Ali, parado, paralisado. No meio da avenida. Sem ar, sente um mal-estar, um frio na barriga. Meu Deus. Aconteceu algo que não era para ser. Se tivesse percebido antes. Se tivesse conseguido segurá-la. Se tivessem tomado café. Ou um sorvete. Sacado dinheiro, comprado figurinhas para o neto. Bastariam uns minutos a mais. Se tivessem andado mais devagar ou mais rápido. Teria sido diferente. Claro. Sempre. Depois. Parece muito. Nunca é. O médico finalmente atravessa a avenida. A enfermeira não o vê. De olhos fechados, encerrada em si. Isolada desse mundo que se inverteu. Ela, deitada no chão. Sem saber de seus pés pequenos sem sapatos, de meias brancas de algodão. Sem furos, mas agora um pouco sujas. Pés sem sapatos parecem desamparados. A enfermeira não sente assim. Não sabe. Dos pés, de um sapato perdido. Ninguém procura. Todos tão ocupados em olhar. É incontrolável, o fascínio.

A obsessão. A morte à espreita. O corpo vulnerável e exposto. Com a mulher não é diferente, esquecida das sandálias para o verão. A enfermeira ali, desacordada em frente ao carro que a derrubou. Sua cabeça inchando feito balão. Sem corte nem sangue derramado. O homem de branco age de acordo. Médico, ajoelha ao lado da enfermeira e enfia, sem pudor nem hesitação, os dedos em sua boca. Ele a chama. Pelo nome. Repetidas vezes.

Nada.

O corpo parece abandonado. Esperem, sua dona foi passear. Finalmente. A mulher desprega os olhos da enfermeira deitada no chão. E percebe ao seu lado, de pé, a motorista do carro. Nervosa e agitada, repisando com as botas altas e pretas o mesmo lugar. Olha ao redor, confusa. Ouve algumas pessoas cochicharem. Sim, foi ela. A mulher também ouve, fica com pena. Quer dizer algo. Aconteceu, não se preocupe. Mas era uma tolice, tinha que se preocupar. E se a enfermeira morre. E se fica paralítica, paraplégica. Fácil imaginar e multiplicar desgraças. As suas, mais as alheias. Melhor ficar quieta. Na sua vez, quis que ficassem quietos. Na sua vez da desgraça. A sua menina morta. As pessoas sempre com tanto para dizer. Demais. Você precisa ser forte. Deus quis assim. Deus escreve certo por linhas tortas. Na época, mal ouvia. Depois achou que podia, sim, ser a vontade de Deus. E suas linhas tortas. Mas se era Deus por que havia de escrever torto. Impertinência, capricho. Com o tempo, cansou de se perguntar. Sem nunca ter nada por certo. E agora é que não sabia mesmo.

Sem fé.

A mulher não diz nada. Mas uma moça se aproxima da motorista. Magra e pequena. Você está bem. É um disparate. Basta ver que as mãos tremem, mãos que passam pelos cabelos, pela testa. O choro soluçado à beira dos olhos e da boca. Não pode estar bem. Mas a pergunta é uma tolice boa porque é aconchego. Pouco, mas algum. Um pouco de compaixão e humanidade sempre há. A mulher fica comovida. Ela e a motorista, também a moça. Gesto que qualquer um poderia ter feito. A mão no ombro da motorista. As mãos segurando as dela. Fique. É um pedido que a motorista faz à moça. Ela hesita e não responde. E aproveita quando a motorista fala ao telefone para escapar. Ela se vai, levando junto a solidariedade. Frágil. Ao celular, a motorista pede ajuda. Desliga. Talvez reze. Em horas como essa é comum. Quando o mundo é um lugar tão desconfortável. E o corpo também. Povoado de medo.

Meu Deus.

Pouco depois da moça, a mulher também vai embora. Vai sem pensar nela, a enfermeira atropelada. Sem pensar se poderia ter percebido a imprudência. Gritado, talvez evitado. Ei! Certamente o médico, mais do que ela. Que fosse então dele algum possível remorso. Que agora fosse dos pés dela a condução do caminho. Pés calçados, sem sandálias novas. De pés livres, os pensamentos logo tomaram conta da cabeça. Do coração. De novo e ainda a mesma ladainha. Teimosa, persistente.

A sua menina.

O que poderia ter feito de diferente. Ainda hoje, cogita. Se tinha sido uma comida, um lugar. Esforço, remédio, sexo, cuidado. Algo em falta. Algo em demasia. Para que não morresse. O seu bebê. Nunca soube dizer. Nunca cansou de se perguntar. Os dois meninos vieram, mas o desconsolo aferrou-se. Quieto.

Apenas amainado e adormecido. Vivo. De vez em quando ainda podendo latejar, pulsar. Forte. Junto com ela. Junto dela. Uma coisa de mulheres. Ali, onde houvera um filho.

Um vazio.

* * *

Por vezes, a alma da mulher entristecia. De feridas antigas. Tatuadas pelo lado de dentro. Sem jamais sarar de verdade. E, assim como vinham as tristezas, também as fúrias. A mulher entra no ônibus. Nem está lotado. Senta. A moça ao lado a ignora. Ruiva de um vermelho brilhante, quase laranja. Distraída, com fones de ouvido. Súbito, a ruiva tem um acesso de espirros. A mulher enraivece. Menos pelos espirros, mais pela suposta arrogância. Na ruiva, a mulher viu outra. Alguém que se achava melhor do que os outros. Deus castiga. Praga rogada em silêncio. A ruiva se levanta. Sem pedir licença, esbarra na mulher.

De propósito.

De mal com o mundo. Tem vontade de xingar. Vaca. O que é isso agora. Não bastassem as ovelhas. No presépio ainda sempre um burro e umas galinhas. Ainda bem que não era a arca. Ri. De si. De sua ira. Sem sentido nem razão. Em outros tempos, diria ser coisa do diabo. Nos tempos de fé. Agora pode rir. Furiosa. Se olham para ela. Se não olham. Se uma é feia ou fala alto demais. Se as gorduras transbordam. Se o homem cutuca o nariz ou corta as unhas. Que nojo. Na mulher, as fúrias iam como vinham. Sem grande alarde. O marido percebe, reconhece. A esposa em humores de cão raivoso. Tempestades ventando sobre ela.

Dentro dela. Raios e trovões.

O marido cuida para não sair chamuscado. Cala. No fundo, acha graça. E então sorri por dentro, às escondidas. Que a mulher tinha mesmo vontade de esganar alguém. Melhor não provocar. Ele sorri de novo. Imagina. As mãos dela. Sem força nem tamanho para dar conta de seu pescoço de homem, largo e grosso. A veia pulsando. Tinha que apertar até aquietar o sangue. Muito. Precisava querer mesmo. Ele de cara roxa. Olhos esbugalhados. Para quê. Para logo se arrepender. Culpa das fúrias.

Arrependimento era assunto do pastor.

Homem de mãos também sem força nem tamanho. Ainda que houvesse um passado. Um pescoço à beira do estrangulamento. O pastor lava as mãos e enxuga em uma toalha branca. Não tão branca. Uma esposa talvez a colocasse de molho, fervesse em um balde de alumínio. Um pouco absurdo. Em vez de comida e panelas, um balde cozinhando roupas. O cheiro desagradável de sabão e alvejante. Quente. Mas ele não tinha esposa. Não seria para isso que precisaria de uma. Bastava uma faxineira, uma boa diarista. Mas tinha vergonha de uma mulher lavando suas roupas, suas intimidades. Lavava então ele próprio, punha na máquina. E, assim, tudo que devia ser branco acabava encardido. Inclusive as cuecas. Mais motivo e vergonha para não deixar ninguém lavá-las. Queria crer que as alvuras de sua preocupação haveriam de ser outras. Sim.

Outras.

De mãos limpas, o pastor senta à mesa. Rascunha a pregação da noite. Lição de suas ovelhas. Brancas, ainda que um pouco encardidas também. Rebanho de Deus. No meio delas, uma que considerava rara. Mais. Se podiam aparentar tanta similaridade. A diferença podia ser uma forma de beleza. Deus caprichando em Suas obras. Ovelha rara e, agora, desgarrada. Mais rara ainda se for recuperada. Ovelha pródiga por ser acolhida de volta. Com júbilo. Porque antes havia se perdido. Desvio por curiosidade repentina. Brincadeira, uma distração da alma ou do coração. Porque Ele nos fez assim. Curiosos e distraídos. O pastor sorri. Às vezes Deus lhe parecia um bom camarada. Manso. N'Ele, um pouco do homem, algo de ovelha. Alvo.

Alvíssimo.

* * *

O marido dorme ao lado. Só roncava quando bebia um pouco a mais. Baixinho. Mas dia de semana não bebia. Dormia em silêncio, voltado para a janela. A mulher ainda acordada. Pensa nas sandálias pretas e altas. O salto tinha que ser grosso, anabela. Como as da adolescência, de cortiça. Na cabeça, faz o trajeto do dia seguinte. Após o trabalho. Talvez estejam mais baratas naquela loja. Outra. Não quer voltar àquele lugar. Como se a enfermeira ainda estivesse caída. Ali, no chão. Após ser atropelada. Mesmo agora. No silêncio e no escuro do quarto. Podia ouvir. De novo.

Seco.

O barulho da batida. A cabeça de cabelos loiros se chocando contra o vidro. O corpo arremessado feito saco de batatas. Ai. A mulher muda de posição na cama. Pensa na outra, atropelada. Uns sessenta. Talvez mais. E então se imagina com sessenta.

Talvez avó. Os meninos, homens e pais de família. Faz as contas. Um com trinta, o outro com trinta e um, trinta e dois. Nossa. Na casa, talvez só ela e o marido. O cachorro já terá ido se já tem oito. O cachorro morto. Uma certeza.

A única.

O marido quase aposentado. Ela também. Aí poderão finalmente viajar, sair um pouco por aí. Ela vai tingir os cabelos. Não de loiro, vulgar demais. Nada de cabelos estragados de tanta química. E loiro, não. Castanho, mel-escuro. Mel que não seja de laranjeira, mas de eucalipto mesmo. Sorri. O marido talvez gordo, obeso. Sem muita cerveja, mais da idade. Um pensamento passa. Talvez reste só um de nós. Não. Talvez reste só um dos meninos. O outro morto em acidente. Atropelado também. Numa pressa, distração. Não. A mulher muda de posição na cama. De novo.

Sempre.

Isso de pensar na morte da cria. Sina, assombração rondando. Deus e o destino arrancando-lhe os filhos. Um a um. Uma maldade. Deus vingando o abandono. Ela sem Deus a quem recorrer. Nada de promessas. De vida eterna e redenção luminosa. A vida só era isso mesmo. Umas fatalidades. Acidentes, atropelamentos. O destino passando de carro ou a pé. O destino na arma de um bandido. Em nuvens atirando raios na cabeça dos outros. O marido vítima de infarto fulminante. Justo ele. Sem antecedentes médicos nem criminais. A mulher vítima de derrame. A cara torta, a perna manca. Mas que pensamentos são esses.

Não.

Seu casamento é feliz. Contando o namoro, lá se vão vinte e quatro anos. E se nunca teve do que reclamar. Aquele seu homem bom. Honesto, bom pai. Homem raro. Nunca soube dele se engraçando por aí. Nenhuma fofoca ou história de safadeza. Marido manso e paciente. Que ela era mais para brava. Ele já sabe, não briga. Espera passar. Fica ali, só olhando. Às vezes, sai. Às vezes, parece um perito. Vai lá e desarma essa mulher-bomba. Mas tem vezes que não tem jeito. Deixa. Ela explode e logo amansa. Ele sai meio chamuscado. Mas, coração bom, esquece. A mulher não sabe se aquela paciência podia ser uma herança. Da mãe, diziam os irmãos. Engraçado isso. Ele ainda tão pequeno.

Pequeno demais.

A mulher vira na cama. Mais uma vez. E abraça o marido adormecido. O braço dela sob o braço dele. A mão sobre o peito. Ele não acorda, as carnes dela são dele também. Misturadas, confundem-se. Ele então continua sonhando. Sonhos dos quais não irá se lembrar. Talvez fique alguma sensação para o dia seguinte. Uma ideia vaga e sem importância. Mansa.

* * *

Esta noite. A casa animada. O rebanho agitado, as conversas alegres. Ainda assim, uma mansidão. O pastor bebe um copo d'água. A boca ainda seca como se estivesse começando. Inexperiente e inseguro. Lembra. A voz tímida, as mãos imóveis sobre o púlpito. O suor, uma gota escorrendo pelo meio das costas. Os óculos embaçando, o cansaço do esforço desmedido. Muitos anos depois. A palavra de Deus à vontade em sua boca.

O pastor seguro de seu lugar à frente. Os pés livres para caminhar, os braços para desenhar volteios no ar. O empenho nunca seria demais na tarefa de engrandecê-Lo, revelar ao mundo Sua presença. Hoje se concentra um pouco mais. Deseja que honra e devoção sejam ainda maiores. O Seu sopro de inspiração feito pregação. Do papel, a Palavra agora em sopro de voz.

A Sua presença.

O pastor olha. O lugar dela, da ovelha rara. Sente sua falta. Saudade de um laço que não existia. Nunca atado. Nenhuma intimidade ou cumplicidade. Nenhuma confiança para além do ofício. Suspira. A inspiração maculada pela tristeza. Não era para ele o amor dela.

Daquela mulher.

Não.

Mas que pensamento é esse. Uma tentação. Ela é mulher de bem. Uma família bonita, mulher amada. O coração aperta. Ela era amada com um amor que não era para ele. Nunca fora. Uma impossibilidade. Mas por que ela. Essa cisma. Espanta o pensamento com um sorriso, tênue. Vamos começar, disse baixinho. Com delicadeza. O pastor não precisa gritar. Sabe como chamar as ovelhas. Elas sabem ouvi-lo. Ele, em seu lugar, à frente de todos. Ora. Por si. Em silêncio. Senhor, leva essa minha tristeza embora. Por favor. Essa tristeza, essa insensatez. Ela não está aqui, desgarrou. Por favor. Traz esta ovelha de volta. Sim. Por favor. Esta. Porque basta olhar para ela. Basta saber que olha para mim. Que ouça a Ti através de mim. Pela minha boca. É preciso que ouça. Minhas palavras de amor. Ainda que sejam só aquelas sobre Ti.

Minhas palavras de amor.

Palavras mais para ela do que para os outros. Perdão. Que sou fraco e sei que erro. Um pastor deve cuidar de todas. Com retidão e igualdade. Mas este Teu servo falha. Não consegue deixar de ter suas preferidas. Uma. Esta. O pastor suspira. Humano e imperfeito demais. À beira de um erro maior. Uma catástrofe. E ainda assim. Sorri, tímido. Sorri para si mesmo. E levanta a cabeça. Aprecia o rebanho. Sorri. De novo. Boa noite. Sejam todos bem-vindos. Que a Palavra possa viver. Porque ela é Deus. Um Deus que pede para viver. Aqui e no coração de todos vocês. Bem-vindos, meus queridos. À casa de Deus. À nossa casa. A inspiração é fiel e não o abandona. Sim. Em meio à pregação, o pastor chora. Outros choram. Ele chora porque sente sua missão afirmada. Mais uma vez. A tentação vencida.

De novo.

Graças a Deus. Por ora, o abismo sob seus pés se fecha. O céu se abre. Sobre a alma e os pensamentos. Alguma certeza que pode mantê-lo de pé. Ali. Por seu rebanho. Por seu ofício. O pastor olha para o lugar dela. De novo. Desta vez há uma mulher. Outra, mais velha.

Um frio na barriga.

Sua mãe. Não. Esta mulher sorri e limpa uma lágrima. Agradecida pelas palavras que saíram de sua boca. Deus. O pastor sorri. Especialmente para ela. Esta que não é sua mãe. Que foi por um instante. Fugaz. Que gostaria tanto que fosse. Ilusão duradoura. Para sempre. Uma mãe orgulhosa. Mãe tocada por ele, filho tocado por Deus.

* * *

Ainda uma outra igreja. Esta, com samambaias. A mulher faz contas. Sete sobre o altar, acima d'Ele, o Cristo.

Três, os ajudantes do padre. Um presidente e dois ministros. Foi como o padre os chamou. Um homem negro vestido de monge. Uma loira gorda e um homem comum, ambos usando avental branco com botões e bolsos. O padre usa óculos grossos de grau e jeans por baixo da batina. Os cabelos encaracolados e sem corte rareiam, sobra um tufo arrepiado bem no meio da cabeça. Nos pés, sapatos extravagantes, ocre.

Duas, as urnas de boca pequena e cadeado. Um senhor negro de bermudas e chinelos é o último a fazer a oferenda. Caminha devagar olhando para o seu dinheiro. Uma menina corre à sua frente. Ela é quase da altura da urna. Joga lá dentro algumas moedas. Ela volta olhando para uma senhora, talvez sua avó. Sorri. Orgulho de boa menina.

Uma, a caixa do dízimo. Ali, no canto esquerdo do altar. De madeira, de jogo de porcelana Schmidt. Frágil. É o que está escrito do lado de fora. Dois cadeados.

Zero, os anjos e santos entre as rachaduras e remendos de cimento cinza no teto.

Zero, os falsos candelabros de lâmpadas elétricas de chamas bruxuleantes para fiéis tolos.

Cinco, as grandes velas de cera, mais altas e grossas do que as de sete dias. Quatro roxas, uma cor-de-rosa. Uma das roxas sobre o altar é menor. Roxo parece ousado. No seu tempo, velas e almas deveriam ser todas brancas e imaculadas.

Dois, os cálices prateados, menores do que aqueles da outra igreja. Menor também a barriga do padre, pouco acima do peso. Uma rápida dieta bastava.

Um Cristo. Crucificado como sempre. Este, pregado mais baixo. Cristo quase acessível, talvez mais humano. Nada. Se Ele não era só um filho de Deus. Era também Deus. Se bem que nunca entendeu isso. Pior é quando Ele se tornava carne. Este Cristo é de madeira que não é lenha nem assa pão.

Três, as leituras. No Evangelho, João Batista ainda tem a cabeça sobre os ombros, veste pele de camelo e come gafanhotos e mel. João Batista. Esse que é mais conhecido como cabeça sem corpo. Não. Tinha também a história do batismo. Melhor não pensar. Na cabeça de olhos foscos. O hálito dessa boca.

Uma, a intrigante palavra na leitura do Evangelho de Marcos. Parece o nome de um lugar no mundo, quem sabe na Grécia. Parúsia. Um lugar para então esperar a volta de Jesus. Território secreto sem coordenada ou mapa. E, assim, ninguém pode esperá-lo. Ali, em Parúsia. Talvez até esteja lá. Só. E assim, ressentido e cansado da esperança nos homens, resolva partir. De vez. De Parúsia. Se ninguém ali o recebeu. No céu parusiano, sua voz ecoando em palavras não ouvidas, de sentido perdido, dispersas pelo vento. Jesus, um pastor sem ovelhas. As ovelhas sem pastor, desgarradas por aí. De lã e pensamentos embaraçados e encardidos.

Um, o homem de quem aperta a mão nas saudações. Ele não olha para ela. Deseja assim só da boca para fora. Paz de Cristo. Tocar aquela mão suada e morna é um pouco desagradável. Ela limpa a umidade na roupa. Quem sabe estivesse também preocupado com números. Outros. De contas e dívidas. Os juros em bola de neve e cascata, uma gastura todo começo e final de mês.

Duas, as filas para a comunhão. Dois, os assistentes que distribuem as hóstias. Comungar aqui parece pouco sagrado. Conta mais a eficiência das filas. Como clientes de um grande magazine, os fiéis precisam sair satisfeitos. Não que houvesse setor de reclamação. Os santos, apesar de muitos, deviam estar sempre sobrecarregados. Mas as filas andam bem e o padre bebe o vinho no cálice prateado. De costas, um pouco na surdina. De frente, limpa usando um guardanapo. Branco, sempre branco. Trabalho para alvejar. Manchado de vinho. Pior se de um vinho tomado por sangue. Tem que pôr de molho. O padre não pensa em manchas. Só senta e espera o final daquela comunhão terceirizada.

Dois, os assistentes que levam hóstias e cálices para uma saleta ao lado. Antes de guardarem em um pequeno altar, limpam tudo. Apesar de ser possível vê-los, parecem um pouco clandestinos. Ali, ao lado da saleta, uma mulher reza ajoelhada. Mas, de cabeça baixa, não vê os assistentes bebendo a água misturada ao resto de vinho. Ela não os vê enxugando os cálices com um guardanapo branco. Ela ainda reza quando eles voltam para o altar e se postam atrás do padre. No rosto, nenhuma expressão. Coisa de profissionais.

Três, os mortos de sétimo dia. O padre cuida de ler os nomes corretamente. É um último respeito. Confirma a pronúncia dos sobrenomes difíceis olhando para as famílias. As pessoas deixam então de ser rebanho, um amontoado de gente. O padre olha para elas. Também por elas. As ovelhas de um rebanho que não é seu, mas d'Ele. Ovelhas marcadas pela morte.

A mulher não se sente parte desse rebanho. O padre não olha nem vê. Nem como ovelha. Ela sai pensando na igreja, nessa casa de Deus. Se Ele podia gostar mais de samambaias do que de girassóis ou avencas. Chuvas-de-ouro, camélias, palmas. Igreja de presidente e ministros, de urnas da madeira que o homem queima. Às vezes é o próprio homem quem queima. A história que a vizinha contou na volta. Ali, perto de casa. Depois de um mês. O homem internado finalmente morto. O gás aberto, a casa fechada o dia inteiro. O pobre chega do serviço, entra e acende a luz. A casa explode. Teve noventa e sete por cento do corpo queimado. Distraído, não percebeu o cheiro. Talvez tenha rinite. Tivesse, porque se foi.

Acontece.

A vizinha fala muito. Cheia de assuntos. Fala também da amiga. Gorda e risonha, pinta quadros e panos de prato com flores. A moça anda por aí com a maleta roxa. Cheia de tintas e pincéis, paninhos para limpá-los, pratinhos e potinhos para misturar as tintas. Pouco vende, mais dá de presente. Ela mesma ganhou uma toalha pequena para visitas. Na verdade, duas. Achava pouco prático, eram muito pequenas. A coisa é que essa amiga da vizinha tinha umas intuições. Tiro e queda. Assombrosas. Outro dia, disse para a vizinha algo sobre ela. A mulher se espanta. Como assim. Se nem bem a conhecia. A vizinha só contava agora. Com receio. Hesita. Gagueja. Podia ser bobagem. Mas e se não fosse. Ia ficar com culpa. E não adiantava perguntar de novo para ela. Coisa ruim a coitada esquecia logo. Ruim. Ecoa na mulher.

Ruim.

Algo ruim por acontecer. Quando, ela não sabia. Melhor deixar o destino. Que fosse. Deus sabe o que faz. A mulher emudece com a vizinha, conversa consigo mesma. Perder a fé podia ter sido ruim. Talvez. Mas podia ser algo bom também. Se podia ser outra, fazer outra dela mesma. Cética. Corajosa. Mandando Deus pras cucuias.

Sente um frio na barriga.

E se fosse com a família. Coisa ruim. Ruim. Melhor não saber. Melhor voltar para casa. Ainda sem fé. Com medo. Algo mais.

* * *

Hoje é feriado na sua casa. Não no trabalho. Duas cidades vizinhas. Em vez de pior, o dia parecia mais leve. O telefone não toca. O homem sai um pouco do escritório para observar os rapazes no pátio. Com bom humor, todos. O ar cheio de piadas, risadas. Gargalhadas entre ferros e vergalhões. O pequeno guindaste indo de um lado para outro. Sem pressa. Um dos seus homens caminha sobre as pilhas. Magrelo e ágil, um tanto de equilibrista, muito de palhaço. Os outros riem, fortes e pesadões. Esperam o guindaste atravessar o pátio para descarregar. O homem observa. Faz sol, os capacetes brancos e sujos nas cabeças suadas. O veículo parece um brinquedo gigante. Seria bom. Ser gigante e poder brincar com o guindaste, pegar os vergalhões com a ponta dos dedos, carregando tudo fácil e rápido. Tempo de sobra para conversar, jogar futebol. O tamanho em uma poção mágica, uma pílula. Mas havia um perigo nisso. Uma vez grandes, os homens não iriam mais querer ser pequenos. Embriagados do poder do tamanho.

Sem contentamento em segurar vergalhões, levar de um lado para o outro. Sem obediência. Seriam necessários gigantes maiores para obrigar os gigantes menores no cumprimento das ordens. Os maiores acabariam por tomar gosto em mandar não só nos menores, mas em todos os homens. Muitos e pequeninos. Com vozes de trovão, iriam descabelar árvores. Lobos maus soprando casas. Monstros de seriados japoneses destruindo cidades inteiras. Em resposta, os homens pequeninos jogariam bombas. Algumas para chorar e amedrontar. Outras para mutilar e matar. Nas ruas, restariam carcaças gigantes de carne. Algumas postas para reciclar. Outras para fazer salsicha, um inacreditável churrasco de domingo. Triste. E se sobrasse um só gigante sem conseguir diminuir. Só. Sem ninguém como ele, sem par. Desolado, choraria um lago inteiro. Um rio a desaguar no mar, inundar cidades, vilas de pescadores. Não. Com as tais pílulas, poderiam fazer vacas gigantes. Leiteiras, fariam outros rios. Brancos, de leite, para alimentar o mundo. Talvez não. Tanto leite acabaria por azedar o ar, apodrecer a terra. Vacas gigantes e loucas arrasando casas e prédios, cidades. Vacas famintas comendo todas as plantações e deixando para trás montanhas quentes de cocô. A carne de uma única vaca, comida para todos os famintos. Restariam então só ossos, fósseis para pesquisas arqueológicas num futuro distante. Gigantes extintos, desaparecidos. Os cientistas sem entender o que haveria dizimado praticamente toda a humanidade.

Não.

O homem olha para o guindaste de novo, já quase do outro lado do pátio. Os operários, ainda sentados, esperam. Ele ri. É o contrário, claro. Os brinquedos é que são cópias desses de verdade. Grandes, soltando fumaça preta, pipocando o ar, ensurdecendo motoristas. O magrelo empurra a trave carregada de vergalhões. Um outro pula para trás. A tempo. Rindo, escapa de ser atingido. Isso acontece a toda hora. O magrelo brincando. Muito, apesar do salário. Solteiro, mora com a mãe. Namora aqui e ali, muito e pouco. Muitas, só por algumas semanas. Algumas, uns meses. Às segundas-feiras, chega se dizendo alforriado. De novo. Sem tristeza, com humor. O magrelo é um perigo à solta. Os outros riem. Ele traz bolo da mãe e fotos dos sobrinhos. Conta que jogou baralho no final de semana. Na mesa, além da mãe e umas vizinhas, chá e bolo. Sem que elas vejam, ele põe uma cachacinha nas xícaras. Logo o jogo anima, a gritaria começa. A velharada não ouve direito. Claro que ele trapaceia. A velharada não vê direito. Mas, coração mole, o magrelo também deixa ganhar. Só para ver as velhinhas rirem. Malandro, sim. Mau-caráter, não. Deus o livre de queimar no inferno. Depois do almoço, jogam entre os colegas também. Aí ele só trapaceia, sem deixar ninguém ganhar. De vez em quando, arma uma confusão resolvida aos tapas. Os homens apalpam o magrelo à procura de cartas escondidas. Ele ri, com malícia. Às gargalhadas, eles o largam jogado no chão para voltarem ao trabalho. O guindaste espera do outro lado, pronto para carregar. Em pouco tempo, manobra de volta para continuar. Tudo igual até cinco da tarde. O homem vai até mais tarde. Seis, seis e meia. Fecha planilhas e números, gavetas. Foi um dia bom. Sexta-feira. Vem o final de semana com a família. Vai ser bom também.

***

De novo. No ônibus, a mulher volta a pensar na outra, a mulher atropelada. Ali. No chão. Sem um dente da frente. A cabeça inchando, a enfermeira transformando-se em um monstro. Pensa em como ela seria. Antes, com a sua idade hoje. Uns quinze, vinte anos a menos. Eram então tempos instáveis. Um plano econômico depois do outro. Talvez a enfermeira estivesse aflita, todo o dinheiro confiscado de uma hora para outra. Os filhos ainda pequenos. Talvez nem tão pequenos, se já tem uns sessenta, se casou com uns vinte e cinco. A mulher se perde um pouco nas aritméticas da vida alheia. Conclui. Os filhos poderiam ter uns quinze, idade do seu caçula hoje. Ela poderia ter uma menina. Meio rebelde. Em uma viagem nas férias, a filha engravida. O pai é pouco mais que um moleque, amigo do primo. A filha perdida. A mãe grita desesperada. Quer se matar. Quer morrer. O marido não dá atenção, um bruto. Meu Deus. Eles põem Deus no meio. Mas, de repente, o pai começa a chorar. Minha filha, minha filha.

Não.

Talvez a enfermeira tivesse duas gêmeas idênticas. Uma com o gênio oposto ao da outra. Uma, séria e rabugenta como o pai, trabalha em uma estatal. A outra, avoada como a mãe, imagina um futuro de sonho. Tem sempre uma novidade, um curso, um concurso. A enfermeira poderia ter ainda um menino. Quieto e meio esquisito, o dia inteiro trancado no quarto. Só não é tão tímido quando torce pelo time de futebol. A mulher sorri. Da graça de suas invenções. E poderiam ter um cachorro. Um vira-lata chamado Pingo. Cachorro leal que defendeu a casa até a morte. Pingo escapando pelo portão de ferro atrás do entregador com a pizza de calabresa na mão. A mulher ainda sorri. Que ideias eram essas agora. Agora.

Sem fé.

Com a fé, foi junto o juízo. E também a pressa. O tempo parece que se estica. Para imaginar histórias de gente que nem conhecia. Para prestar atenção nas coisas, nos lugares e nas pessoas. Olhar os gestos dos outros. Ouvir. Ver gostos. Em sandálias e esmaltes. No braço desenhado de um, no corte de cabelo do outro. Via diferente. Via mais. O cansaço precoce de um senhor. A ausência de uma mulher parada em frente a uma vitrine. A indiferença de alguns, muitos. E, sim. Histórias que não a sua. Uma moça que passa correndo. O amante espera por ela no hotelzinho perto da avenida. Não. Era só a hora do almoço acabando. As contas para pagar, o bilhete da loteria acumulada. Sorteio no sábado. Imagina. Depois de perder a fé, podia ganhar na loteria. Ela também um pouco personagem. Ali no ônibus, com a lista do supermercado na bolsa. Ela, ex-fiel e sua ex-igreja. De cadeiras cor de laranja. Não todas, mas aquela que considerou sua. Ali. No mesmo lugar.

Ex.

As ruas já estão decoradas para o Natal. Este ano pode pendurar anjos e pombas brancas. Montar presépio. Estranho, assim. Sem fé. Mas não tem mais presépio. Há muito tempo. Jogou no lixo. Aos cacos. Lembra bem. Com raiva, inconformada. Para ela, Ele tinha lhe tirado sua menina. Ex-mãe. Então jogou todas as figurinhas no chão. Pisou. A vaca e o burrico, as ovelhas. Sempre as ovelhas. Nenhum pato ou porco. Porcos não deviam ser de Deus. Chafurdando na lama. Sujos e proibidos. Ou não.

Talvez fossem bichos do lado de lá. Expulsos do paraíso animal junto com morcegos e ratos, gatos e lobos.

Homens.

Tem gente que é muito pior que bicho. Gente que devia andar de quatro. E comer grama, ração, lavagem. Quando muito. Ainda assim tinha sempre um fiel para colocá-los, em par, na Arca. É. Agora ela podia fingir que não, mas lembrava. Jogou no chão e pisou. Todas as figurinhas. Inclusive o menino Jesus. Aquele outro bebê de braços abertos. Que doesse n'Ele. Se tinha doído tanto. Dentro dela. Quando Ele quis de volta. Para si. A sua menina. Quando Ele também pisou. Nela e na família que construía. Com amor, aos poucos. Ao longo dos dias e dos meses. Daquela espera. Pisada, aos cacos. A mulher catou o que pôde. O que sobrou. E colou. Sem nunca mais ser a mesma. Só pôde ser essa. Outra.

* * *

Ovelha desgarrada. Ovelha negra. Lembrando do pastor. Mais de quarenta. Menos de cinquenta. Sério, tão sério. Alegria, só no culto. Um pouco triste, parecia muito só. Na vocação, talvez uma espécie de compensação. De outras faltas. De um amor. Alguém que amasse mais a ele. Não sendo de ninguém, podia então ser de todos. D'Ele, todo. A mulher recorda. Aquele dia no ponto de ônibus. O pastor querendo falar algo. Por certo querendo saber. Daquele seu desgarrar. Mas certo mesmo era tentar convencê-la. Volte. Ovelha pródiga deve valer mais pontos. Não. Não queria essa conversa. Alguém dizendo o que era melhor. O que devia fazer. Alguém ameaçando com infernos e perdições. Não. Ela, jamais. Nem no auge de sua carolice. Nada de tentar converter ou salvar o marido ou os filhos. Não. Mas o outro era pastor. Era sua função, afinal. Ainda que sem contrato de trabalho. Era esperado de seu cargo. Que arrebanhasse as desgarradas. Coitado. Nem parecia homem de verdade. Uma pessoa de mentira. Uma fraude. Cópia. Sem cheiros nem suores. Sem desejos. Um homem cheio só de Deus. O Todo-Poderoso preenchendo e ocupando ele todo. Nenhuma mácula naqueles olhos. Como se pudesse. Deus nos olhos, no olhar. Nas palavras que saíam da boca. Justo ele.

É.

Chegou a acreditar. Nele. Naquela verdade. Agora, não. Algo tinha mudado. Agora não podia mais. Talvez já tivesse mudado. Antes. Nele e naquele seu olhar. Em sua boca. Algo. De errado, de doente. Se aqueles olhos podiam parecer um pouco embaçados também. Uma impureza, um desvio. Talvez o pastor desejasse algo diferente. Agora. Talvez o pastor desejasse algo. Não. Não podia. Não devia. Ainda que sem constar no contrato. Era esperado de sua função. Não desejar. Como isso. Um mal. O pastor em tentação. Caído, tombado. Talvez.

* * *

Aniversário do pai. A mulher escapa do trabalho para almoçarem juntos. Ele, cada vez mais calado e envelhecido. Os cabelos brancos rareiam. As bolsas sob os olhos só aumentam e caem. Todo ele cansado, desistindo. Tudo perdendo um pouco a graça.

O pai já pouco se importando com as vontades e implicâncias da esposa. Que ela escolhesse as roupas dele. Que fizesse seu prato. Que fosse. Em outros tempos, reclamaria. Alto, aquela voz rouca e grave. Hoje, manso. Se ainda falava alto, era mais por hábito. Útil diante da perda de audição da mulher. Desinteressado, o pai repetia histórias de uma cidade do passado. De bondes e postes de luz plantados em bairros de chão de terra. Nele, ficou um quê de caipira. Se "ia à cidade". Se tinha orgulho das laranjas descascadas em uma única tira. Quando menina, tentava. Sem nunca conseguir. Suas laranjas machucadas e esfoladas. Um orgulho fora do alcance. Hoje, mulher, pensa naquela menina que foi. Tanto esforço por atenção e carinho. Outra inutilidade.

Pena.

Antes de chegar à casa do pai, a mulher para em uma floricultura. Para ele, uma flor. Para ele que só comprava flores para mortos. Crisântemos brancos ou amarelos. Nunca um buquê de rosas. Margaridas brancas ou flores-do-campo coloridas. Não. Naquela manhã. Longe no tempo. Ele não deve ter levado flores.

Como.

O susto. A cria da filha. A neta morta. O quase avô chora. Pouco, constrangido. Chora, mesmo sem ver o bebê. E de novo. Ao ver o genro abraçar o caixãozinho cor-de-rosa. Abraço apertado como se o caixão fosse a pessoa. A filha ainda no hospital. Sem saber de flores. De si. De nada. Sem ver, ela só poderia imaginar. O pai ali, ao lado do marido. À beira do buraco, a cova aberta. Sogro e genro em silêncio. Ali. Um pouco à espera.

Um milagre, acordar daquele pesadelo. Junto com o bebê, enterram um pouco de todos. Dele também, ex-avô. De todos, um punhadinho. Da carne e da alegria. Da vida. Não. Como podia isso. Assim. Tão errado. A morte espalhada sobre todos. Por causa de uma menininha adormecida. Enrugada das águas do ventre da mãe. A cara de joelho de todos os bebês. Sem tempo para alisar a pele e fazer da sua uma carinha única. Não. Após o enterro, ele continua em silêncio. Senta ao lado da esposa. Quem sabe sobra um pouco de consolo. De coragem. Para deixar de ser ex-avô. Que fosse mais pai de sua filha. Quer tentar. Sabendo que não vai conseguir. Como deveria. Como ela agora precisava. E, ao falhar, sente que trai. Um fraco.

Merda.

A floricultura é pequena. As rosas não estão boas. As brancas e amarelas, um pouco murchas. A mulher acaba por escolher uma vermelha. Talvez um pouco imprópria. Mais, se nunca foi filha apaixonada pelo pai. Entre eles, só deveres e obrigações. Bem pouco espaço para o afeto. Respeito e a correção de gente honesta e trabalhadora. Amor não era necessidade. Todo mundo sobrevivia. E com muito menos do que gostaria. Invenção do cinema, armadilha para desviar do que é direito. Amor sem fazer parte do mundo deles. Nem sequer do vocabulário. Hoje o pai podia cuidar das plantas no jardim. De animais, continuava não gostando. Bichos serviam para comer ou trabalhar. Nada dessa bobagem de companhia ou cafuné. Importante era o sustento, honrar os compromissos. Criou os filhos com trabalho honesto e uns corretivos bem dados. Raros. A pedido da esposa. O pai olhava de longe. E só dizia os nomes. Alto, aquela voz grave. Um alerta. Os filhos paralisavam. Duros de medo. Da ameaça. Pouco ousaram teimar. Uma vez ou outra. E então o pai arrastava a cadeira no chão, levantando devagar. Sem pressa para agarrar a cria pelas orelhas. Adulta, a filha ainda lembra. Menos do medo. Mais do ódio. Do pai. Aquela rejeição. Doendo dentro dela. O pai queria que os filhos desaparecessem. Sumam. Morram. Quando mãe, a filha cuidou. Jamais desses olhares. Sem macular seus meninos. Se tais manchas desbotavam, certeza é que não saíam jamais.

Não.

A mulher paga a rosa vermelha com um punhado de moedas. Rosa vermelha sem paixão. Com um bom pensamento. Uma graça. O pai ganhava uma rosa. Ao menos uma vez na vida. Flor de gente viva. Flor de amor. Além da rosa, a filha leva também um bolo. Da padaria perto do trabalho, com cara de feito em casa. O sabor favorito do pai. A mulher chega. Toca a campainha. Espera. Ninguém atende. Um mau pensamento passa pela cabeça. E se. Justo hoje. Olha as janelas. Nada. Uma vizinha aparece a caminho do supermercado. Saíram. Agora pouco. Mas se a filha tinha avisado. Sem chave, senta. Ali, em frente à casa onde cresceu. Na sacola, o bolo. Na mão, a rosa vermelha. Rosa com laço para presente. Para o pai. Que, não pela primeira vez, se negou à filha.

* * *

O pastor vai ao barbeiro. Importante todo asseio e correção. Também nos cabelos, que, crescidos, já encostavam nas orelhas. Não gosta. Parece desleixo. Mais grave em sua profissão. O homem deve cuidar do espírito sem descuidar do corpo, sua morada. Ele entra. O barbeiro acaba de varrer os cabelos cortados, caídos pelo chão, agora amontoados sob a bancada. Algo parece impróprio. Uma indecência. O pastor sem conseguir deixar de olhar. Apesar da aflição. Mistura promíscua e imoral. Talvez pense em pelos. Púbis.

Não.

O pastor cumprimenta com um sorriso. Senta em um banco. Espera pela sua vez. No esforço para evitar os cabelos varridos, olha para o barbeiro. Pouco exemplo de seu ofício. Os cabelos penteados para a frente para disfarçar a calvície. Pedem corte. Pedem retoque da tintura. Acaju. A cor não combinava. A pele rósea de albino. O vermelho de seu nariz largo e carnudo. Um pouco feminino. Não. Que não julgasse. Para não ser julgado. E nestes tempos. De sonhos como os seus.

De desgarrares.

O barbeiro ajeita a toalha. Lava a cabeça de um homem gordo. Falam de futebol. Conversa de homens que obviamente exclui o pastor. Pastor é pouco homem. Não conta. O cliente coberto pela capa plástica amarela. A mesma de sempre. A mesma para todos. Nunca lavada. A tesoura e o pente são rápidos. Mais cabelos picados pelo chão. Num canto, uma cadeirinha vermelha e baixa. Manicure nunca vista. O pastor sorri ao imaginá-la anã. Fosse quem fosse, fazer as unhas, não. Isso ele não podia. Um pastor assim curvado a tanta vaidade. Não. Dessa falha estava livre. Ao menos dessa.

Se havia tantas outras.

A TV ligada. Uma moça estuprada e morta. Ou morta e depois estuprada. Pior. O demônio e seus gostos aviltantes. O pastor suspira. Que tivesse menos raiva, mais compaixão. Cuidado. Na lonjura de Deus, o coração esfria. Que lembrasse dos retornos. Nesses descaminhos de escuridão. Tanto mal e tentação. Ainda que houvesse beleza e flores, artifício demoníaco. Ilusão para engolir, fazer cair. Perder um ser humano. A mentira tomada pela verdade, e o homem se afasta. Esquece. De Deus. Do bem. No erro do caminho, distrai do retorno. Foi-se. Vai. Para sempre. Nunca mais.

Cuidado.

O cliente gordo corta bem curto. O cabelo combina com os tênis pretos acolchoados. Sapatos de criança, botinhas gigantes. Um ar infantil para além dos tênis. Inocente. Combina com o barbeiro. Algo de palhaço que acabou de tirar a maquiagem. A pele ainda oleosa da pasta branca. A larga boca vermelha. O nariz mais rosa que as toalhas usadas e sujas. Sob a bancada, mais cabelos. Além dos fios da cabeça, os das sobrancelhas aparadas e escovadas. O moço gordo põe os óculos. Sem capa. De abrigo esportivo, um menino grande. Vai embora carregando uma sacola plástica de uma loja de um e noventa e nove ali perto. Ele vai. Volta. Para pegar o guarda-chuva. Vai de novo. Deixando no ar uma risada, o convite para uma cerveja. Qualquer dia desses. O barbeiro acena. Agradece, sorri.

Quase sua vez.

Ao pastor ninguém faz convites. No máximo, almoço após o batismo. Dos seus convites, os outros têm medo. De conversão e pregações. De investida para aumentar o rebanho. Sorri. A fé era um chamado. Sempre diferente. Sempre um milagre. Não para a maioria. Que fazer. Muita surdez e cegueira por aí. Por querer. Ouvidos e olhos mais para mulheres e festas. Ninguém convida o bedel para a folia. Se as tentações estavam bem ali. O pastor existia para outras horas. De sofrimento. De fardo. Com ele também foi assim. Ouviu o chamado no desespero. Perdido. Sem rumo nem sentido para o seu viver. No limiar.

Sua vez.

O barbeiro chama. Venha. O pastor tira os óculos. O mundo sem foco. De vez. O barbeiro lava sua cabeça. Veste a capa amarela. Logo seus cabelos irão se juntar àquele monte sob a bancada. Esquece daquela promiscuidade. A TV ainda e sempre ligada. A foto de um garotinho sorrindo. Morto. Estraçalhado cruelmente por bestas ferozes. O apresentador esbraveja. Fera também. O menino vai até o ferro-velho atrás de uma pipa. Ninguém atrás do menino. Só os cães. Sem outra imagem do menino, a TV exibe os cães. Grandes e negros. Latindo, babando e arreganhando os dentes. Assassinos de menino. O vizinho de cabeça baixa. Pouca alegria. Pouco tempo de vida. Tudo rápido. As correrias de pipa. Os cães. A morte. O corpo magro retalhado.

Dó.

Comovido, o barbeiro se distrai. O cabelo do pastor mais curto que o habitual. Um pouco espetado, até. Ele olha no espelho. Não era para ser assim. Rebelde, jovial. Ruim para a sua profissão. Seriedade é que caía bem. Nada de pastor pop com CD e fã-clube. Não. Não para alguém como ele. Estranho desde que se entendia por gente. Só por Deus. Isso de iluminar, inundar. Precisa. De outra maneira não poderia aguentar ser quem era. Não.

Sem Ele.

Tinha mesmo abstinência. De Sua ocupação. O lado de dentro em crise. De tanta confusão e desordem. De fé e dúvidas. Inseguranças e temores. Dentro dele. Úmido. Repugnante como os cabelos sob a bancada do barbeiro. Varridos e amontoados. Misturados e, para sempre, inseparáveis. Deus punha ordem. E n'Ele sobrevivia. Ainda. Agora. De cabelo arrepiado. Um mal ridículo, minúsculo. O pastor paga o preço. Igual para todos. Bom ser igual. Sai. Acenando, sorrindo. Chove. Sem guarda-chuva, não corre. O pastor caminha devagar. Que a chuva o molhe. Se a chuva era d'Ele. Assim como ele.

* * *

A mulher olha. O filho mais velho. Cheio de ideias. Inventa um restaurante japonês. Ali perto, no bairro vizinho. O marido e o irmão concordam. A mãe protesta um pouco. Não estão acostumados. Vai estranhar. Mas também sabe que pode gostar. Já que andava encontrando umas coisas diferentes. Ali, dentro dela. Sim. Concordam todos e vão. O lugar é simples. Não parece cenário de novela. A mulher olha ao redor e se tranquiliza. Podem sentar em cadeiras normais. Nada de sentar no chão e esmagar as pernas. Do Japão, só as letras tortuosas sobre bandeirinhas vermelhas de tecido. Dragões pintados, grandes leques floridos na parede. O filho com orgulho da família fazendo seu gosto.

A mãe o admira. Está crescido e mudado. Descobrindo as coisas por si só. E é ele quem escolhe a mesa. O único atendente do restaurante logo aparece. Sem nada de japonês. Sorridente e solícito. A mulher nota. Uma mancha branca em uma das pupilas. Esse garçom é caolho. Ela fica com aflição. Menos do olho do que de sua própria curiosidade. Imagina o que possa ter acontecido. Acidente, briga, ataque de bicho raivoso, infecção mal tratada. Entre idas e vindas, o atendente conta um pouco de si. Nunca do olho. Da sua cidade no Sul. Longe. De onde veio e para onde volta. Todo final de ano. Lá está tudo à sua espera. As longas botas de couro legítimo, o pomar para comer frutas no pé. Também os chifres do touro brabo que um dia quase o pegou. O garçom adora duas coisas na vida. Comida japonesa e a mãe. O que mais então poderia querer na vida. Um restaurante japonês para trabalhar. A mãe para cuidar enquanto Deus não chama. Outra mulher não queria. Ninguém com mais amor por ele. A família ouve achando graça. A mulher sorri. Sem querer os filhos assim. Quer os meninos livres, cuidando da vida. Asas enormes para voos longos. O marido quer saber mais. Pergunta para que o atendente continue. Para que fique feliz. É um talento do marido. Esse conforto, os outros à vontade. Um contentamento. Menos do que felicidade. Mas essa só Deus. Contentamento já é muita coisa, aquece o coração. A mulher olha para o marido. Fabricando contentamento. Por aí. No garçom. Nela. Admiração por aquele seu homem. Após tantos anos.

Ainda.

Na capa do cardápio plastificado, outro dragão. Dentro, fotos dos pratos de nomes estranhos. Pedem em meio a adivinhações e risadas, sugestões do atendente. A comida parece bonita e colorida. A satisfação, ainda duvidosa. Num barco de plástico, bolinhos de arroz, fatias de peixe cru. Experimentam. Riem, gritam, gargalham. O mais velho se diverte. Come com os pauzinhos presos com elástico. A mãe, admirada. Danado. Com quem ele poderia ter aprendido. Ela ri também. Logo o atendente volta. Potinhos e tigelinhas com mais cores e sabores. Doces, avinagrados, estranhos. Um pedaço de peixe vem fumegando sobre uma chapa quente. A pele queimada faz um xadrez. A mulher se admira. Sem saber ao certo se aquilo podia ser considerado bonito. E essa beleza servia para quê. Estranho. Como tudo nos últimos tempos. É. Os seus meninos, esses sim. Bonitos. Riam, brincando com os pauzinhos, pescando peixes cortados quadrado. Perdiam o ar de meninos, viravam homens. A mesma masculinidade do pai. Mansa. Uma qualidade tão atraente. Nunca gostou de homens franzinos e frágeis, os inteligentes demais, melhores alunos da classe. Não. Podiam ser altos ou baixos, de óculos. Bastava que fossem bons e confiáveis. Que pudessem protegê-la. De tudo e qualquer coisa. Do necessário. Esse era o homem que tomou para si. Esse que agora entra na brincadeira dos pauzinhos. A mulher sorri. Todos seus, esses homens. Uma bênção. Sim.

Lembra do pastor.

Sorri ainda. Desta vez mais para si mesma. O pastor era tudo o que não a atraía. Ainda que bom e de Deus. Devia casar. Ficaria mais feliz. Uma moça nova para constituir família. Que se empenhassem e fizessem filhos. Se o sexo também era bom. De Deus. De Deus em momento de inspiração. Sorri. Mais.

A mulher entra na briga de pauzinhos. Ela e seus homens. Todos. Rindo, gargalhando. Apesar do fracasso. Sem ninguém conseguir pescar peixe quadrado.

* * *

Outra noite. A mulher senta perto do marido. À mesa, a comida fumegando. Ele já se servindo. Para. Ele sabe. Ela quer falar alguma coisa. Conhece aquele seu jeito. Tantos anos juntos. O que foi. Ela começa. Sem graça, a história vai desenrolando feito novelo de pensamentos. Mais tranquilo, o marido volta a se servir. A mulher pega o garfo, belisca do prato dele. Conta. A enfermeira atropelada, a vida que imaginou para ela. Ele estranha um pouco. Acaba achando bom. A mulher mais alegre, agora cheia de ideias também. Mas não entende. O que ela quer com essas histórias. Ela também não sabe. Só que anda assim meio estranha. Desde que largou da igreja. Ele emenda. Não. Não era assim, só a igreja. Se começou a ir por causa dela. A nossa menina. É. Tanto tempo. Dezenove anos. Seria linda. Quem sabe agora. A tristeza parte de vez. Foi vontade de Deus. O marido se pega dizendo. A mulher, mesmo nesses dias sem Deus, não discorda. Ainda triste. Pouco. E, se perdia tristeza, não queria ganhar culpa para pôr no lugar. Menos triste não era gostar menos. A sua menina. A nossa menina. Não. O marido conforta. A mulher insiste. A voz apertada de angústia. Podiam estar esquecendo. O marido põe a mão sobre a dela. Não podiam. Não poderiam. Jamais. Falava por ele. Nunca. Ainda olhando para ela, ele lembra. Cala. O bebê adormecido no pequeno caixão cor-de-rosa. O pedacinho da renda branca para fora, preso sob a tampa. Suspira.

Jamais.

E intuição. Ela pergunta das crenças do marido. Ele não sabe. Mais provável que não. A mulher conta. A amiga da vizinha e esse algo de ruim por acontecer. E de novo, talvez porque disse em voz alta. O coração da mulher aperta. Um pouco. Mais. O marido nega. Bobagem. Alguma coisa ruim sempre acontece. A vida não é um parque de diversões. Mas coisa boa também acontece. A mulher olha para ele. Mais um pouco. E o beija. Sem estalo, roçando a bochecha. Aquele rosto que seus dedos conhecem tão bem. Ela beija e não se afasta. Olha para ele. Ainda. Bem de perto. O marido sorri. E, mastigando, vira e faz uma careta de monstro. Riem. A mulher belisca do prato dele. Um pouco mais. Com trejeitos de uma mocinha coquete que nunca foi.

* * *

A mulher não pensa em maus presságios. Agora. Só venta um pouco em sua cabeça. Distraída. Então para na frente do armário do banheiro. Sem lembrar o que foi pegar. E, sem lembrar ainda, arruma os vidros desordenados. Esbarra em um. Azul. Perfume caro, presente do irmão. O vidro quica no chão. O pensamento passa pela cabeça. Não vai quebrar. Um instante largo, suspenso. O vidro espatifa. Suspira. Não gostava daquele em especial. Um pouco forte demais. Lamenta mais por ser caro. Usava pouco. Com intenção, sem desperdício. Perfume economizado em vão. Poderia ter usado mais vezes. Muitas. Olha para os cacos com má vontade de limpar. Os maiores, ela embrulha em um pedaço de jornal. Os menores, recolhe com um chumaço de algodão. Sem se dar conta, o perfume estraga o esmalte. As unhas cheias de fiapos de algodão.

Pelos.

Garras.

O esmalte vermelho passado na noite anterior. "Carmim." Estragado, sem brilho. Droga. O esmalte era a novidade dos últimos tempos. Depois que a perdeu por aí, a fé. Junto com a vergonha das vaidades e vontades de mulher. Sem fé, tomou gosto. De si. Do corpo e das longas mãos onde achou não só graça, bom uso. Mãos para escorregar e percorrer aquele corpo. Seu homem. Tão familiar. Sem fé, ela fez das suas, mãos de outra. Mulher ainda desconhecida. Por tomar posse. Por manipular. Até fazer do prazer um líquido. Até fazê-lo arfar. Daquele jeito. Tão familiar também. Aquele homem que se confundia tanto com ela mesma. Após mais de duas décadas. Metade de todos os seus dias. Logo perderia as contas. Antes, perdera-se ainda mais nele. Um no outro. Muito. Os pensamentos, as vontades. As sensações e as muitas contrariedades. A mulher suspira de novo. Puxa os fiapos de algodão das unhas. Ainda abaixada. Um outro pensamento passa pela cabeça. Outro instante largo, suspenso.

O mau presságio.

Levanta rápido. Tonta, o mundo gira. Ela vê esferas de luz. Apoia-se para não cair. Fecha os olhos. Mais um instante. A tontura passa. Ela vai até a sala. O marido está assistindo TV. Na cozinha, o filho mais novo lê uma revista comendo biscoitos. O filho mais velho ainda não chegou. Não. Olha para o relógio. Ainda não é hora.

Não.

Tudo está como sempre. Diz e repete para convencer a si mesma. Anda de um lado para o outro. Senta perto do caçula. Calada, tenta domar o medo. Amansar ali por dentro. Então pega um biscoito. O filho levanta o olhar da revista e pega outro. Ele olha para a mãe. Sem dizer nada. Sem notar as unhas estragadas. As garras peludas da mãe segurando o biscoito recheado. Ele morde o seu e volta a ler.

* * *

O filho mais velho em casa. Bem e falante. Como sempre. A mãe olha procurando algo. Uma anomalia. Um sinal. Não encontra nada. Só rotina. É algum consolo. Dá um beijo em cada filho. Escondendo o temor, querendo parecer normal. Beija querendo abençoar, proteger contra os homens do mundo, os males do mundo. Quando vai para a cama, o marido já dorme. Ainda bem. Não quer que ele perceba. Se não falar dela, talvez essa sua aflição possa existir cada vez menos. Até desaparecer. Por si só. Como se nada houvesse. Um desatino. Mas então, sem aviso, ela lembra. Uma pregação. A voz do pastor varando a noite.

Deus testa.

As palavras plantadas em sua cabeça haviam fincado raiz. Deus testa. Justo ela, que nunca tinha gostado de escola. Aluna mediana. Sem louros nem méritos. Na vida adulta, finalmente livre. Mas e isso agora. Esse Deus do pastor virando carrasco e assombração. Uma ousadia. Como assim. Deus testa. Como se tivesse direito. Ela, ovelha mansa de seu rebanho. Agora cansada dessa ovelhice. Não. Bobagem. É só um pensamento. Um sonho mau de uma noite abafada. Mas se está bem acordada. Deitada de costas. Reta, quase descoberta. Talvez sonhe que esteja bem acordada. Talvez. Mas e agora esse medo. Indo e vindo. Medo dessa sua vida cair. Como um jogo de armar. Como o vidro azul espatifado no chão do banheiro. O início de uma infelicidade. Enorme e faminta. Abraçando, engolindo a ela e seus homens. Seus meninos. Não. Não iria suportar. Bastava a menina. Aquele oco dentro dela. Sem consolo nem cura. Não. Ai do mal se quisesse engoli-la. Seria fruta indigesta e amarga, raivosa. Da injustiça. Da audácia do pastor e seu Deus assombrando sua noite. Aquele homenzinho. Um mosca-morta.

Que ousasse.

Pouco, o sono daquela noite. Muito, foi o mau humor na manhã seguinte. E ainda a mulher levanta com o sangue manchando a camisola e o lençol. Ao menos salvou-se o colchão. Limpa, a mulher irá sair de casa cheia de vontades. Xingar, empurrar, bater. Mas ela não faz nada disso. Só bufa. Tomando um copo de café. Desregulada. Logo o útero seca. De vez. Velha. De longe, seus homens notam e recuam. Acostumados. Muitos meses nesses muitos anos. A ferocidade que vinha com o sangue. Cautelosos, só observam. A mulher revira os olhos. Os fiapos de algodão ainda nas unhas. Uma fera. Contidos, olham entre si. Cúmplices no risco. Na graça. Em silêncio.

* * *

A morte pode ter timbres diferentes, mas em geral é ralentada e grave. Naquela ocasião, a voz diz seu nome. Antes. O pastor sente um frio na barriga. Algo de ruim aconteceu. Essa voz é portadora da má notícia. Sim, era ele mesmo. A voz pausa, cautelosa. E então diz o outro nome. Com reticências. Para que pese. Para que soe lastimoso. Esse segundo nome é de um morto.

Seu irmão.

O pastor demora a compreender. Quase deixa o telefone cair. Quase se deixa cair. Ou flutuar, vagar, voar para longe dessa voz. Voz que não é de sua mãe nem da cunhada. Apenas um conhecido. Sem importância ou intimidade. Pediram para avisar. Ah. A voz descreve o mal súbito. A mãe inconsolável. A cunhada em estado de choque. O menino calado. O pastor pouco ouve. Imóvel. Seu irmão. Imóvel e desabitado para sempre. Uma casa vazia. A pele enrijecida e amarelada. Justo ele. Tão forte e enérgico. A voz de trovão, o riso alto. Não pode ser.

Não.

Os irmãos pouco se viam. Cada vez mais desagradáveis os raros e inevitáveis encontros. Nessas ocasiões, supostamente festivas, sobravam palavras de sarcasmo da mãe e de desdém do irmão. O mais velho para o caçula era uma aberração. O caçula para o mais velho, um bruto. O laço prestes a romper em definitivo. Sem afeto. Com ressentimento e rancor. No caçula, o desprezo ia além, alcançando a fé. Aquela escolha vergonhosa. A audácia de se tomar por escolhido. Por alguém. Justo Ele. Uma petulância.

Claro.

Já era pastor quando o caçula se casou. Lembra pouco do casamento. Lembra mais do desconforto. Ali, no seu lugar no altar. Casamento de mentira, se o caçula era pagão. Casar na igreja era seu presente à noiva. Aquele teatrinho. Desde que não houvesse curso, até sorriria nas fotos. A noiva pôde assim entrar de vestido rococó. À sua frente, uma menina, a sobrinha. Miniatura jogando pétalas brancas sobre o tapete vermelho. Tímida, andava rápido demais. Insegura, olhava para trás. Conferia se a noiva vinha mesmo atrás dela. Como se fosse ela, daminha, uma espécie de cavalo encantado puxando a carruagem de abóbora. Um perigo. E se a Cinderela se perde. O pastor acha graça no jeito da menina. E se a noiva foge de se casar com o caçula. A daminha seria então seu estepe. Se a noiva fura, ela é quem aguenta. A brutalidade do noivo pesando. O corpo tão pequeno e ainda infantil. Fantasia perversa. O mal já tentando as ideias do pastor. Outro tipo de assombração. Fantasma que ele irá insistir em espantar com sua fé.

E agora.

Para o caçula, a morte é uma afronta. Uma traição indigna de sua inteligência matemática. O ar faltando como nunca antes. Dor que faz pesar os ombros. Desconhecida. O suor frio que não é de medo. Apesar do medo. O que é isso. A morte. O mundo desmoronando. O seu. Quem diria. Assim. Morte tola e desconfortável. Em público. O professor de matemática sem chance de pensar. Tudo muito rápido. A mulher, o menino. Os alunos com trauma de trigonometria. Uns poucos presenciam a cena. Má sorte. Pálido e suando muito, o professor cai. Morto. Fazendo careta. Contrariado. Alguns alunos, paralisados. Outros choram, descontrolados. Desespero e correria. Uma ambulância inútil. O corpo passa rápido carregado pelos corredores. Os olhares assustados. O irmão do pastor ainda mais temido. Na morte. Como nunca antes. Ele teria apreciado. Essa última proeza. Teria sorrido.

* * *

O pastor toma um banho. Para de frente para o guarda-roupa. Não sabe o que vestir. O velório do irmão não é um acontecimento possível. Seus pés pisam um chão movediço e traiçoeiro. Precisa parecer sério e respeitoso. Sim. Mas que preocupação é essa. Se precisa parecer, é por não ser. Não. Precisa ter calma ainda que tudo seja assim inesperado, irreal. Estranhos caminhos. De um mal súbito, agora filho único. Como Ele. Lembra. Ainda não falou com a mãe. Sem saber o número de cor, procura na agenda. As mãos tremem. Enquanto ouve chamar, ele se dá conta. Ainda não está vestido. Suspira. Falar com a mãe nesse estado. Veste uma camisa usada mesmo, o telefone ainda chama. Tanto despreparo para a morte. A sua própria, a dos outros. Apesar do ofício, sente-se um pagão qualquer, um mau pastor. Deus. O telefone ainda chama. Ninguém atende. Hesita. Liga para a casa do irmão, uma voz desconhecida atende. O pastor gagueja, pede para falar com a mãe. Não demora. A mãe, uma estranha de voz distante e cansada. Ah. Com receio, ele pergunta, fala. É preciso lamentar, mostrar compaixão e piedade. É parte do ofício. Deus. A mãe interrompe, ordena. Venha. O pastor concorda e desliga. Filho único e tão obediente. Agora e sempre.

Mais agora.

Paletó preto e camisa branca. No espelho, o pastor parece um padre. Uma ironia. Põe uma pequena Bíblia no bolso. O ofício. Apesar de se sentir bem pouco pastor entre os seus. O sangue era teste para sua fé. Sangue que só afastava de Deus sem aproximar de nada ou ninguém. Essa sua família sem lado paterno, aos pedaços, feita de refugos. A mãe bêbada, uma tia louca, a outra demente. A prima gasta da culpa pelo incêndio que matou o filho. Um primo bandido preso, outro morto em um lento suicídio. Muito desgosto e raiva, tanto desconsolo. Família sempre contrariada, rosnando um para o outro, a civilidade perdendo-se. Gente em vias de se tornar animais reclamões e ruminantes. Nada de ares de prole nem rebanho. O pastor suspira. De novo. O rebanho é um consolo só por existir. As ovelhas podiam ser magras, algumas feias e piolhentas. Mas era seu, esse rebanho criado ao redor de si. Manso e morno. Em honra d'Ele. Uma bênção.

Salvação.

Além da Bíblia, o pastor pega um lenço. E algumas balas de hortelã. Para quando falar palavras de consolo e conforto. Se falar. Que sejam frescas e livres do hálito das muitas horas de velório. Desse dia e noite. Longos, sem fim. Antes de sair, dá uma última olhada no espelho. No reflexo, este que perdeu o irmão. O filho único. Insuficiente.

Sempre.

Tanto.

O pastor toma o caminho. Longe, o crematório. Vai sem conseguir rezar. Ainda. Sem conseguir sequer entender. Seu irmão. Do pó ao pó. O caçula em cinzas. Poeira grossa emanando aquele cheiro de gordura. De secreções que vazam e se misturam. De uma persistente humanidade. Mesmo sobre o espírito. Não.

Deus.

Nem viu o corpo e já blasfema. Deus, estende a Tua mão. Me ocupa. Que a sombra só aumenta sobre a minha alma. A sombra.

* * *

O marido chega cedo do trabalho. Horário de verão, o dia ainda claro. O vizinho no portão, alto e gordo. Não eram exatamente amigos. Mais próximos depois do câncer. No ano anterior, na próstata. Aos poucos, o vizinho compartilhou seus constrangimentos. A bolsa de urina, a incontinência de criança, a virilidade naufragada. Da humilhação de um, surgiu uma solidariedade de homens. Podia acontecer com ele. Vai saber. Antes do câncer, o vizinho namorava uma mulher bonita. Idade para ser filha. Desmanchou. Não dava para aguentar. Uma mulher assim bonita e sem poder usufruir. O sofrimento aumentava. E a humilhação. E se não melhorasse. Tinha esse risco. Antes brocha do que morto. Mas tinha limites. Brocha e corno, não. Vociferava. Além de corno, manso por ser brocha. Não. Isso não era vida. Riam juntos. Por esses tempos, o vizinho andava mais calmo. Animado, até. Se escapou. Da doença maldita que tinha levado a esposa. Fazia alguns anos. Voraz das carnes. Em poucos meses devorando o corpo que gestou e pariu os três filhos. Companheira por quarenta anos. Ele sobreviveu, mas uma parte sua foi com ela. Na parte que ficou, o câncer plantou um filhote. Na carne da sua tristeza. Faminta e maldita, a cria judiou. Poupou o corpo, mas devorou a virilidade. Filhote raivoso. Coisa de fêmea.

Por Deus.

Os tempos agora são outros e boas, as novidades do vizinho. Vem aí mais um neto. Do caçula, aquele menino quieto. O jeito e o olhar da mãe. Bom isso de neto. Criança sempre alegra a casa. É. O homem concorda com o vizinho. Distraído. Lembra. O presságio da mulher.

E se.

Animado, o vizinho continua a falar. Cheio de ideias. Outra boa novidade. Sorri, cúmplice. Andava escrevendo. Não um livro ou uma história. Um filme. Para mandar para os canais de televisão, grandes estúdios estrangeiros. Uma saga italiana. Dois irmãos. Hum. O outro só ouve. Por quê. Para quê. Isso. O vizinho ainda mais animado. Conta. Cheio de entusiasmo. Cenas inteiras. O seu filme. Sorriem. O homem despede-se. Intrigado. Algum vírus estranho devia estar pela vizinhança. À solta. Sem febre, invadindo corpos. Em silêncio. Na cabeça, o vírus fazia um plantio. Demorava pouco para vir a colheita. Farta. Umas ideias. Assim-assim. Sem doideira das bravas nem perigo aparente. Sem alarme nem quarentena. Só estado de observação. Por enquanto.

* * *

Tarde da noite. O pastor chega ao velório. Finalmente. Do lado de fora, algumas pessoas conversam. Alguém sussurra. É o irmão. Olhares se voltam para ele. Tristes e piedosos. Estendem mãos. O pastor agradece. Segura entre as suas as mãos alheias. Como se o pesar não fosse seu. O ofício. Censura. Não pode ser profissional. Não agora. Não aqui. Vasculha. Dentro. O que sente, afinal.

Nada.

Volta a ser aquele menino sob as reprimendas da mãe. Aquele hálito alcoólico. Acre e pegajoso. Sabe que vai fazer tudo errado. Pouco importa a idade, os anos. O ofício. Ainda e sempre os maus modos. A falta de asseio. O excesso. Imbecil. Maricas. Um sonso. Inútil. O pastor engole em seco. Com a mão, certifica-se. Ali. A Bíblia no bolso direito do paletó. No gesto, uma oração. Sim. Ele se apruma um pouco mais e entra. Sem reconhecer as pessoas. Estranhos. Ao lado do caixão, sim, a cunhada. Os olhos muito inchados, vencida. Sem saber de onde, a mãe surge. Segura o filho pelo braço. Firme. Ele não pode evitar o espanto. Você demorou. O pastor abraça a mãe. Age num impulso. Se pensasse, iria paralisar. O ofício. O ofício. Melhor abraçar. É o que se faz em circunstâncias como esta. A mãe diminuída. Mais porque chora. Uns ganidos agudos, entrecortados. Mas ela logo se solta do abraço. Ríspida. Entre envergonhada e arrependida. Disfarça, assoa o nariz. O pastor olha para ela. Velha. Mais neste único dia. Mais nesta noite que para ele ainda só começa.

Que noite será esta.

Em passos hesitantes, o pastor vai até a cunhada. Ela talvez ache que deva e tenta. Levantar. Despregar os olhos dali. O rosto do marido morto. Essa hipnose. Mas e se acordasse. Sem aviso, para dar um sinal. Dizer adeus. E se. O pastor se inclina. Ela não o olha nos olhos já que os dela estão novamente inundados. Permanecem calados. Ele passa a mão pela cabeça dela. Sem pensar. É o que faz quando choram diante dele. Esse também é gesto de um protocolo que não está em livro algum. É o que se espera dele. Consolo. Mas o gesto é inútil. Suspira. Precisa de coragem. Mais. Isto não está acontecendo. As mãos formigam. Não tem mais pernas nem braços. Restam só os olhos para ver. O pastor se vira. O corpo do irmão. Afinal. Não olha de pronto. Espera um milésimo de segundo. Quem sabe tudo não passa de um mal-entendido. O corpo no caixão. Não, não é ele. Ah, que bom. Não se parece com ele. Não é seu irmão. Houve um engano. Mas seu desejo não basta. Ele só fantasia. Um desvario. Não quer estar ali. Agora, em sua pele. Agora, quando olha.

Reconhece.

Sim, é ele. Dormindo, cercado de flores. Justo ele, que tanto detestava. Gabava-se de não ter precisado delas para suas conquistas. Nunca flor alguma. As moças caíam pelo tipo cafajeste sem precisar de nenhum mimo. Fosse botão de rosa ou sorvete de morango. O pastor nunca ousou questionar. Em vez de mérito, essa brutalidade. Agora, morto, acha bom não ter discutido. E por causa de flores. Estas são brancas. Crisântemos. Flores de gente morta. Uma nota de cinco pelo vaso, exceto em feriado de Finados.

Morte barata.

O pastor passa a mão pelo rosto do morto. Como nunca havia feito antes. Impensável em vida. O caçula sempre o mais bonito. Tão másculo e mandão, cheio de energia. Tão vivo. Tão diferente dele. No entanto. O pastor chora. Depois de muito tempo. Sem saber quanto. Chora lágrimas grossas. Acha bom e apropriado. Em algo, ao menos. Mas como. Essa vaidade. Em uma hora dessas. As lágrimas se ressentem e secam. O choro foi uma miragem. Os olhos secos sem conseguir despregar do morto. A mesma hipnose da cunhada. Uma obsessão. A morte acenando. Para todos. É um clichê. Não consegue pensar em nada melhor. Ainda e sempre olhando para o morto. A pele amarelada. Rija. Um couro. A barba cerrada parece ter crescido. Pouco. Depois. Algo do corpo ainda vivo. Pouco. A morte sem chegar a todos os lugares ao mesmo tempo. Lenta.

Sem escapatória.

Põe a mão sobre as do irmão. Mãos unidas, um crucifixo de bolinhas de plástico azul entre elas. O caçula teria ficado bravo. Se pudesse. Se. Mas era assim. A fé. Aparecendo em horas como esta. De dor e medo. De perda. Tanta incerteza. É preciso dar algum destino para isso tudo. Encomendam então a Deus. Melhor esse que todos conhecem um pouco. Na cruz. De olhos claros no filme reprisado todo ano na TV. Ninguém quer atirar seu morto no vazio. Que houvesse céu. Ainda que, antes, purgatório. Nada de deserto sem norte, de alma errando perdida. Morte pagã. Não. E, com a mão sobre as dele, ora. Sobre o crucifixo. Em silêncio. Com fé e lágrimas. Que, cordatas, voltam grossas, quentes. O pastor ora ao seu Deus. Para a remissão dos pecados. Para a salvação. De seu único irmão. E do irmão de seu irmão. Ele. Agora filho único.

Errante. Agora e para sempre. Que houvesse, sim, remissão. Que houvesse salvação. Para ambos. E consolo. Muito. Agora e para sempre.

* * *

Sem fé, a mulher passou a entrar em igrejas. Sem escolher, aleatória. Nas católicas era fácil. Grandes, anônimas. Entrava para observar e procurar. Deus. A fé. Nas pessoas, nos ritos. Buscava ecos d'Ele em seu coração. E, mesmo sem ter certeza de encontrar, ainda agora, persiste. Entra. Esta é grande e moderna. Uma cruz enorme. Um gigante crucificado. Por trás, luz vermelha de néon. Uma missa de mortos. Outra vez. Muitos, os mortos. Muitos, os que lamentam por esses mortos. A larga igreja lotada. Uma suposta felicidade divina. A missa começa. Ouve alguém conversar no banco de trás. Ele já estava com metástase. Abriram e fecharam, não tinha mais o que fazer. Os filhos pediram que não contassem para ela. Fizeram bem. Só ia causar mais sofrimento. Coitada. A mulher para de prestar atenção. Um dia também ficará viúva. Coitada. Ela, na boca de alguém. Mais provável. Mulher sempre vive mais. Aguenta a dor de sobreviver ao outro. Um dia. Não hoje.

O coração aperta.

O presságio. Tinha esquecido. Estava tão melhor sem lembrar. Mas não. Algo lhe diz que não. Não era com o marido. Ao menos não agora. Mas e os meninos. Quis que as contas do pastor estivessem corretas. Que bastasse ser boa, criatura de Deus. Honesta e fiel. Mas não. Se agora não acreditava. Não podia. Não conseguia. Desonesta e infiel. A mulher permanece sentada. Sem se ajoelhar, sem o senta-levanta sob os comandos do padre. Agora, um pouco aflita. Quase ora. Sem conseguir também. Vazia de fé, ventava dentro dela. Olha para o néon vermelho. Olha para a luz tão branca das lâmpadas fluorescentes. Econômicas. Tudo tinha a ver com contas, afinal. De luz. De fé. De boas obras e faltas. Não bastassem as contas da casa. Agora, essas da alma. Ainda mais difíceis de fechar.

Déficit.

Este padre tem um auxiliar velho. Com jeito de apóstolo. De personagem do Antigo Testamento. Aqui também não se lava a taça de metal prateado. O padre passa o guardanapo de pano, logo antes de limpar a boca. Pouco higiênico. A mulher pensa se havia aula e ensaio no seminário. Aula de missa. Beba, coloque um pouco mais de água, gire a taça, beba de novo e depois limpe com o guardanapo branco de pano. Os jovenzinhos repetindo igual. Até a estreia. E, depois, tudo igual. A vida toda. Sem direito a enjoar da cena. Sem poder improvisar. Não. Diante desse palco e altar, uma longa fila para a comunhão. Sem nenhuma graça ou júbilo. Fila tediosa de gente cabisbaixa. Gente proibida de morder a hóstia. O corpo de Cristo grudado no céu da boca. Até desfazer.

Até digerir.

O padre lê num papel os nomes dos mortos. Em ordem alfabética. A cada vez, só um se levanta. Solidão imensa e pública. Essa, dos sobreviventes. E a cada vez. Resignado, aquele que sobrevive ao morto abre a boca. Como se a hóstia não fosse o corpo de Cristo, mas o corpo do morto. O silêncio pesa. No ar, a culpa por um alívio. A morte é desta vez alheia. Ainda. O padre diz um outro nome. Uma senhora se levanta. Na hora lhe falta firmeza, cambaleia. Um homem corre para ampará-la. Talvez seja o filho. Num golpe brusco, ela se solta. Com raiva, muita. Arranca a hóstia da mão do padre e enfia na boca. O padre se assusta. Reprova, claro. É o corpo de Cristo. A senhora o encara. É a dor dela. O homem, quem sabe filho, fica visivelmente constrangido. Tão pálido e tímido. Pede desculpas.

Ah.

Mas o homem é o pastor. Não pode ser. O que ele faz aqui. A mulher não compreende. Ele aqui. Em outra igreja. Outra fé. Talvez então nem ele acreditasse. Começa a rir. Censura-se. À beira de um acesso. Tão inapropriado. Levanta e sai apressada. O ar tão fresco lá fora. Sem ataque de riso, a mulher escancara um sorriso. Largo. Livre. Sem pensar em presságios. Se nem o pastor tinha fé. Se nem ele. E se ela achava que havia perdido. Então ao menos um dia tivera. Esse algo por perder. A fé. Sim. A mulher vai embora satisfeita. De pés leves. Com fome de chão. Pés quase alados.

* * *

Faz muito calor. Guindastes e vergalhões agora só no dia seguinte. O calor é demais. Param todos na padaria da esquina. Uma cerveja gelada. Só uma. Várias. O magrelo também. Logo começa a contar sobre a nova namorada. Uma falsa loira de bunda grande e jeans apertado. Jogaram pife-pafe no domingo. Eles, a mãe dele e as vizinhas. As suas velhinhas. A namorada era ruim de trapacear e as velhinhas protestaram indignadas. Mas uma moça tão bonita. Em meio às risadas e imitações, um moço entra na padaria. Deve ser um pouco mais velho que seu filho. O caçula. Senta no balcão e pede sem olhar o cardápio. Um americano e um suco de laranja. Parecem bons. Ele. O sanduíche que demora bem pouco. Em vez de segurar com a mão, o moço usa talheres. Educado. Talvez demais. O homem fica um pouco incomodado. Os moços de hoje podiam ser assim. Os da sua época, não. Educação era coisa de efeminado, não pegava bem. Tinha que ser um pouco bruto. Homem. Ele próprio sem ser bruto. Talvez pela tristeza do pai. Talvez pela sua tristeza de órfão, criança abandonada pela mãe. Mesmo sem ela querer. Diferente desse moço. Ele não parece triste, só distraído. Come olhando para a TV sem som. As imagens sem fazer muito sentido. Uma banda pop é entrevistada. Jovens como ele próprio. Poderia ser ele. Poderia ser seu filho. O corte de cabelo, assim, mais comprido. A bolsa grande de alça atravessada no peito. A moda que foi e agora voltou. Coisa de seu tempo. Satisfeito, o moço se levanta. Ao se virar para pegar a carteira, esbarra no copo que espatifa no chão. Suco e cacos voam e se esparramam. Ele se assusta e pede desculpas para a atendente. Desconcertado, passa a mão sobre a calça respingada. Um pequeno caco entra em seu dedo. Sangra. Bastante. Escorre pela mão e pelo braço. Sobre a roupa e a bolsa. Mancha. O moço ainda sorri e pede desculpas. De novo. Mais sem graça. A atendente vai e volta com algodão e álcool. Estacam o sangue. O álcool faz arder. Queimar. O moço volta a ser um menino. Quase chora, os olhos marejam. O homem lembra da mulher. O presságio.

Uma náusea.

O homem pensa em seu menino. O caçula. O celular toca. Sente um calafrio. Mas o telefone não é dele. Com estardalhaço, o magrelo atende. Claro que é a namorada. Faz as declarações de amor de sempre. O mesmo repertório surrado que todos já conhecem. Cara de pau. Riem. Pouco importava a garota, as mesmas bobagens. O magrelo fala como se num surto de inspiração. Sorriem. O homem também. Quer espantar o mau presságio. Tolice.

Claro.

Sem pensar, procura com o olhar. O moço que poderia ser seu filho. De dedo ferido, de roupa manchada. Ele já foi. Bobagem. Toma mais um gole de cerveja. Ruim. Amornou, amargou. Quis cuspir. Mais do que a cerveja. O amargor da boca. O aperto na alma.

* * *

Um pensamento. Graças a Deus minha menina não nasceu. A mulher agradece. A quem, não se sabe. A fé perdida ainda sem paradeiro. O pensamento veio de uma notícia na TV. Perturbada, a mulher compra o jornal para ver. O austríaco. Esse homem. Confiava, sim, no seu homem. Pai dos seus meninos. Mas ele era homem. E homens podiam fazer isso com suas meninas. Homens quando não eram mais humanos. Ao menos a filha estava a salvo.

Para sempre.

O austríaco. Com a própria filha e por tanto tempo. Tantas vezes. A filha e os filhos da filha, todos presos no porão. Criaturas da mesma espécie. É o que o homem deve ter achado. Nem gente, pior que bicho. A filha, objeto de uso. Meu Deus. A mulher abre o jornal. Quer encontrar. Naqueles olhos claros de sobrancelhas arqueadas. Por trás do bigode fino e triangular, tão bem aparado. Ali. Algo. Os rastros de um mal.

O Mal.

O cão maquinando. Dentro daquela cabeça de engenheiro. Por vinte e quatro anos. Os mesmos vinte e quatro anos. Desde o dia em que conheceu seu marido. Ali perto. No portão da casa da amiga. Agora, a mulher pega uma caneta. Faz contas. Oito mil setecentos e sessenta dias. Mais. Os mesmos dias, ela e o marido passaram ocupados em se conhecer, namorar, casar, fazer e ter filhos.

Perder uma.

Os mesmos oito mil setecentos e sessenta. Para o austríaco, dias de prender, bater, ameaçar, estuprar, fazer, ter e matar filhos. Com a própria filha, uma menina. Pouco mais velha que o seu maior. Pouco mais nova do que a sua filha. Se viva. Antes morta.

O sangue.

Obcecada, a mulher não consegue parar. O porão. A higiene dos corpos. O cheiro azedo de leite. Os cheiros daquela escuridão. E a mãe. Tinha que ter percebido. Em uma noite qualquer. O marido diferente. Estranho. A gente sente. Mulher sabe. Ali. Algo de muito errado. Um aperto no coração. A austríaca não quis saber. Não. Não é nada. Foi no que ela quis acreditar.

O seu presságio.

Pega o jornal de novo. A cara do mal. Na foto, o rosto torto de boca franzida. Um sorriso. Mau. A testa larga de homem inteligente. Um topete alto e ralo. A mulher olha melhor. Há uma linha branca na base do topete. Não. Não pode ser. Um implante. A ideia é ridícula, asquerosa. Para muito além da brutalidade e do horror, uma vaidade dessa. Para quê. Para quem. Para a filha. Para fazer com ela. Suspira.

Não.

Lembra do pastor. Sem beleza nem vaidade. Coitado. Aquela cara. Sem mal. Ao menos isso. Já o austríaco não escondia. Lá, o mal escancarado. Mas e o pastor. Sem mal nem Deus. Ali, na cara. Se estivesse dentro dele, deveria se fazer visível. No rosto, no corpo pequeno e frágil. Se bem que às vezes até parecia. Uma ocupação. O pastor parecendo maior, até mais bonito. Devia então ser mesmo Deus. A fé.

Que fé.

Quase esquecia. O pastor numa igreja que não a sua. A de um Cristo gigante. O pastor é uma mentira. Que mais então poderia haver. De escondido, de estranho. Algum mal. Talvez também gigante. Mal maior, se por trás daquela mansidão. Não. Não. Mal menor, se nascia do desespero. Que não é de outra espécie. Besta, cão. Do tipo austríaco. Não. Mal do tipo bem humano. De mau amor, de mal-amado. É no que a mulher quer crer. Por ora. Sem fé. No pastor, outro tipo de vazio. Oco diferente do dela. Sem menina, de um menino. Aquele que foi um dia.

* * *

O pastor volta. Do velório. Da casa da mãe. Da morte do irmão. Triste. A morte nunca tão próxima. E assim, inesperada. Sem perda no passado. Sem ninguém para perder. Mais lamentável. Mas e o irmão. Perda, ainda que não houvesse pertencimento. O eterno rival na disputa pela mãe. Luta tão inglória. Sem chance alguma. Nunca. E agora. Faz calor. Não venta. Suado, tudo ainda mais desconfortável. O suor escorre pelas costas, pelas têmporas. O paletó dobrado sobre o braço. Quase trinta graus. Um homem entra no ônibus. Clama. A voz altiva num otimismo desavergonhado. É alto e de boa aparência. A pele lisa, de um moreno escuro e uniforme. Os cabelos cortados bem curto. Veste uma camisa azul royal sem marca de suor. Vende cartões, mensagens de sua fé. Amém, irmão. Distribui. Para que constatem a qualidade do produto. E, mesmo com essa qualidade, irá aceitar moedas. Quanto for. Quanto der. Se estava ali por fé. De alguém que rezou por ele.

Na escuridão.

Quase do outro lado. Em perigo. Alguém teve fé e orou. Amém, irmão. Pela fé, ele foi salvo. Para a fé, ele vive. Uma nova vida. Agora. E, assim, estende cartões. Para todos. Para o pastor também. Fascinado, envergonhado. Tanto brilho na fé do outro. Tão fosca, a sua própria. Fé sem essa alegria, sem júbilo. E então o pastor se dá conta. O outro não tem como saber, afinal. De seu ofício. Sem batina ou broche na lapela. De sua fé tímida e modesta. Sem resplandecer.

Acovardada.

E justo nesse dia. De tanto pesar e morte. A Bíblia ainda no bolso do paletó. Calada. O pastor é um homem comum. Passageiro por comprar cartão. Olha o que recebeu. Uma figura de desenho animado. Ele me enviou para curar os quebrantados de coração. Quebrantados. Sorri. Ele, quebrantado de coração. Por certo. Duvidando da cura. Mais hoje. Menos por curar. Mais por ressuscitar.

Morto. Vivo.

Descrente dele, cartão. Dele, pastor. Sem adiantar almejar. Falho, pastor de ovelhas desgarrando por aí. A mulher foi a primeira. Logo haverá uma debandada. Mas justo ela. Ela. Toma um susto. Distraído e sonolento, dá com o homem ali. Ao seu lado. Esperando. E aí, irmão. Sexta treze. Melhor ficar com o cartão. Fala alto. Para todos. Cuidado com a porta. O mal é astucioso, aproveita a fresta. Do mau pensamento. Da vontade da carne. Quando você der por si.

Ali.

O inominável. Senhor da tua casa, dono de tudo que é teu. Você, escravo do lado errado. Só por Deus. O pastor tira uma moeda. Amém, irmão. O homem sorri. A proteção do Senhor o acompanhe neste dia. Sexta treze. Fique atento, irmão. Olha essa cara de sono.

A fresta.

O pastor olha. Esse homem pode ter Deus no coração. O júbilo, essa certeza. Sabia o que era isso. Já soube. Em si. Agora não. Essa sensação ruim. Algo por vir. Tempestade. Praga bíblica. Nuvem de gafanhotos. Fecha os olhos. A noite pesa sobre as pálpebras. Mais a morte. Adormece. Entre flores e a morte do irmão. Sem o único irmão, agora filho único. Natural que se sinta mal. Mal. Que a morte não seja fresta. Ei. Olha a porta. Não. Olha o outro aí. Hã. A fresta.

* * *

Os pensamentos da mulher à solta. Bom estar ali. Na avenida, andando sem se preocupar. Distraída, vê seu ônibus. O ponto ainda mais à frente. Ela corre e faz sinal. Errado. O motorista a vê. Já ia passar direto, mas desvia. Por ela e seu sinal. Sem querer, fecha outro ônibus. Freiam brusco. Por pouco. Quase. Os motoristas se olham. Contrariados, mas sem xingamentos. Aliviados. O que fechou dá uma buzinadinha, acena para o outro. E, ainda enviesado, abre a porta. Para ela. Para o sinal errado. Constrangida, a mulher entra assim mesmo, errado. Imaginando a batida. Os passageiros descendo assustados e de mau humor. As buzinas, a confusão se espalhando. O motorista preocupado com o desconto no salário. E agora. O mês não vai fechar. Ainda no meio do tumulto, ela entrando no primeiro ônibus que aparecesse. Em fuga. Com vergonha. Sem se importar com o destino. A mulher sorri. Do filminho passando na sua cabeça. Ela, agora. Dentro do ônibus errado. Antes assim. Desce no ponto seguinte. Sem desastre, ainda com vergonha. Que ninguém tenha percebido. O quase acidente. A ameaça num braço estendido. O seu. Atravessando a vida alheia.

Sem volta.

Se não tivesse pegado o ônibus errado. A caminho de casa, a mulher vê o pastor. Não desvia nem evita. Talvez seja também um sinal. Errado. Ainda assim. Sem braço estendido. Outra parada, ambos constrangidos. O pastor ameaça dizer algo. A mulher o interrompe. Sinto muito. Como. O seu parente. Vi você na igreja. Na missa. Missa. A de sétimo dia. Um parente seu. Ah. Sinto muito. Preciso ir. O pastor não responde. Não consegue. Não. Tudo rápido demais. As palavras, a vida, a ovelha. Sua. Desgarrada, ainda.

* * *

Não sabia havia quanto tempo. Só que estava se tornando frequente. O pastor a via. Por aí. Ela, sua desgarrada. Mais do que vista, assombração. Em mulheres. Muitas, pela rua. Andando. Esperando o ônibus. Olhando uma vitrine. Tinha a impressão, a sensação de ser ela. Um frio na barriga. Todas, a cada vez. Não. Não era ela. Em outras, não havia como saber. Mulher perdida de vista. Apesar de improvável, sobrava perturbação. O que estava acontecendo. Enlouquecia. E isso agora. Ela. Na missa de sétimo dia de seu irmão. Justamente ali. Quando não podia pensar nela. Em ninguém. Quando não podia pensar. Quando não podia.

Não.

O pastor não avisara. O rebanho ignorante. Da morte de seu irmão. Não havia lhe ocorrido. Como. O pastor esquecido. O rebanho ignorado. Deixado do lado de fora. Atrás da porta fechada. No quintal, pastando longe. Alguém deve ter contado. Quem. No fundo, o pastor sabia. Tinha feito de propósito. Se havia motivo, um fundado temor. O rebanho contaminado. Por uma doença, aquela sua família. O rebanho sabedor. De sua fuga, uma vergonhosa feiura. Entranhada nas carnes e no caráter, destilada de raiva e brutalidade. A família era sua fresta. Fenda, racha, falha. Sua falha. Por onde o mal penetra.

Por onde o Mal penetra.

E o rebanho. Era seu dever proteger. Mais. Uma suposta especialidade. Como um médico dos trópicos. Havia de saber de febres e mosquitos. A igreja, o seu lar no mundo. Seus trópicos. Lugar de pertencer, de dar e receber apreciação. Ali, mais. Lugar de esquecer. Da raiva muda da mãe. Da sua ira de morte. Ainda criança, ele entendeu. A mãe não o queria. Logo, entendeu além. A mãe queria sua morte. Que desaparecesse da vida dela. Com o tempo, viu o desejo amainar. Por conveniência, mais por desistência. Ainda assim. Aquele desejo dela. Sem morte, oculto e silencioso. O pastor ainda podia senti-lo. Mesmo ali. No velório do irmão, naquele inesperado abraço, na missa de sétimo dia. No gesto brusco, a hóstia arrancada da mão do padre. Era ele, o desejo da mãe. De morte. De matar e mastigar o corpo e a carne. E se ele é filho dessa mãe.

Deus.

Ao menos na missa de sétimo dia. Exausto, o pastor descansa da procura. A mulher, sua desgarrada. Esquece, ocupado com o pesar e a perda. Distrai. E então, sem procura alguma. Justo ali. É ela que o vê. Numa ironia, perversa provação. Talvez Ele realmente a queira. Essa ovelha. Exemplo para o rebanho. Desgarrando essa, talvez se abra uma fresta. Para descrença e aniquilação. Para o outro. Aquele. Não. Enlouquecia. A cabeça obcecada, escrava de ideias. Um pastor possuído é que não podia. Não podia tornar-se coisa d'Ele. Não. Mas se nas preces pedia. Tanto e sempre. Que fosse tomado. Que fosse feito instrumento. Sua fé convertida em paixão. Obsessiva, incontestável. Sem freio nem dúvida.

Será.

Atormentado, o pastor busca. Dentro de si, desse seu mundo. De tanto desnorteamento e desolação. Vergonhosamente precário. Cada vez mais. Diante da morte. Sem seu irmão. Sem sua ovelha. O pastor precisa saber. Quem é este, outro no qual se converte. Aos poucos, aos trancos, desde sempre. Ameaça vil e odiosa. Talvez inevitável. Um mal. Deus. O que poderia estar por cometer. O quê.

A fresta.

O que havia de entrar. Não. Meu Deus. Meu Deus. Por que me abandonaste.

* * *

Após o encontro com o pastor, a mulher não se sentiu comovida. Pôde falar e ir embora. Quase indiferente. Atendente de loja, caixa de supermercado que cumprimenta e faz o que tem que fazer. Pouco importa que o negócio dele seja a salvação das almas. A fé dela ainda desaparecida. Sem dar conta do paradeiro. Se morta, não pediu enterro, lápide ou missa. Fé libertadora. Dos horários e dias de culto. Queria agora todo esse tempo futuro. Conformada de não haver reembolso do tempo passado.

Apressa-se.

Com vontade de comer bolo mesclado. Chocolate com coco. A mulher passa no mercado da rua de trás e compra os ingredientes. Vontade da receita da infância dos filhos. Ainda de cor. Seus meninos ainda meninos. Animados e esganados. A forma toda devorada em uma única tarde. E ainda apetite de sobra para o jantar. O pedaço do marido separado e guardado antes.

Para depois do jantar, enquanto ela lavava louça. Com vagar e preguiça, o último pedaço de bolo demorando para acabar. Sorri. A receita na cabeça. Como um dia foram os salmos e trechos inteiros da Bíblia. A Bíblia. Onde guardou. A memória rebelada contra as coisas da Igreja. Daqui a pouco aparece.

Ou não.

Na larga bacia de plástico, ela mistura manteiga e açúcar, as gemas e o leite. Logo o marido chega. Bom, assim ele bate as claras. Antes, ele se lava e troca de roupa, bebe um copo de água gelada. Ainda faz muito calor. No caminho de casa, já suou a cerveja tomada na padaria. A mulher põe fermento. A farinha, aos poucos. O coco e o chocolate, só depois. A massa engrossa, a mesa balança, o copo de farinha cai.

Merda.

O marido surpreso. Mais com a mulher do que com o copo. Agora falava palavrão. Ela nem se dá conta e recolhe os cacos. Merda. Corta o dedo. Não é grave, mas pinga. Umas gotas de sangue em meio à farinha espalhada pelo chão. O marido abaixa para ajudar. Na hora, lembra do moço na padaria. Tão educado. Quase conta à mulher. Bobagem. Talvez tivesse a idade do filho. O caçula. O marido acaba não dizendo nada. Cala também. Sobre o presságio. Um outro copo quebrado.

Cacos e sangue.

O bolo de duas cores cresce e fica bom. A mulher satisfeita como de um desejo de grávida. De novo esganados, os meninos atacam o bolo ainda morno. O marido, não. Deixa para o café da manhã. Naquela noite, os meninos veem televisão até tarde e acabam com o resto. No dia seguinte, só o pedaço de bolo do marido. O último. Talvez fosse só impressão. Apesar do café com leite. Ali, no fundo da boca. Um gosto de ferro.

Sangue.

E justo ele. Trabalha com ferro o dia todo, todo dia. Ferro não só na boca. Nos pulmões e no cérebro. Nas ideias. Engole então o resto do bolo. De uma vez. Para acabar logo com isso.

* * *

O pastor visita a cunhada e o sobrinho. Sentada na poltrona da sala, ela é uma menina desorientada. Pequenina. Rodeada por objetos e roupas do marido. Pilhas e montes, vestígios do morto. Em um acesso de fúria, quis se livrar de tudo. Quis se vingar. Da ousadia e descabimento dele em abandoná-la assim. Sem desforra, acabou só esgotada, a casa virada do avesso. Em meio à desordem das coisas do pai, o menino ali, sentado sobre uma caixa. Um pouco mobília, ereto e quieto. O tio olha para ele. Com uma compaixão menos do ofício, mais amadora. Daquilo que no sobrinho havia do menino que ele um dia foi. Daquela infância de mágoa e ira. Perdurando. Dentro dele.

Ainda.

Nada. Aqueles objetos. Sem reconhecer nem lhe dizer respeito. Os dois irmãos, estranhos um para o outro. Sem saberem de gostos ou ideias. Entre eles, somente o ventre da mãe. Habitat comum para espécies tão distintas. O pastor não queria que pesasse. Dentro dele. E, para espairecer, vagueia. Olha, pega uma coisa ou outra, comenta. Distraído, diz algo sem perceber. Uma frase, uma palavra errada. O quê. Quando dá por si, a cunhada esbraveja. Contra ele. De pé, os olhos sanguíneos. Em sua direção, prestes a agarrar seu pescoço. A mão contraída em garra. Como. Que não viesse com essa merda de Deus ou o caralho a quatro. Surpreso, o pastor olha para o menino. Paralisado. Sem poder se fazer invisível, o sobrinho é decorativo. Não está ali. Olha então de novo para a cunhada. Sentada, os braços abandonados sobre a poltrona. Como se jamais tivesse se levantado. O pastor não sabe. Duvida. O que ela falou ou fez. Se falou. Se fez. Aquela mão para agarrar o seu pescoço.

O quê.

Sem coragem, não pergunta. Com medo dessa confusão. Mais do que de objetos e roupas. Muito mais. O pastor se percebe cada vez mais perturbado. Alucinado, possuído. Quase acha graça. Precisava exorcizar seus demônios. O ofício podia não ser imunidade, afinal. Não. Blasfema. Já não sabe. Nada. Melhor ir. Agora. Já. O menino à porta. Calado e triste. O tio mal o vê, às voltas com palavras santas. Uma proteção. Alguma. Nenhum consolo. Nenhum alívio na mão que põe sobre a cabeça do sobrinho. Silêncio. De gente invisível, um pouco mobília. Ruim, isso tudo. Vai. Na rua, o pastor se apressa. Tem ânsia de chegar. Algum lugar onde possa se sentir ele mesmo. De novo. Ele mesmo ou o mais próximo disso. Por favor. Apesar de não saber bem o que era. Esse ele mesmo.

* * *

O menino ainda à porta. Olha. O tio indo embora. Pelo meio da rua. Deve ser por causa dos buracos da calçada. Vira na esquina. O ônibus passa na rua de cima. O tio era irmão do pai, mas não parecia com ele. Nada. Mas se eram irmãos. Melhor ter um irmão diferente do que não ter nenhum. Como ele. Na escola, agora todo mundo ficava olhando. Com pena. Até a professora. Coitadinho. A maioria dos outros alunos olhava só de longe. Ninguém quer saber. Isso de morrer o pai. Ao mesmo tempo todo mundo quer saber. Como é um morto de verdade. Se é frio. Se fica amarelo. Se é mais para verde. Se os vermes saem pela boca. Se o cérebro escorre pelo nariz. Se a mão fica dura. Se o olho fica branco. Se fede e pousa mosca. Todo mundo quer saber. Ninguém tem coragem de perguntar. Vai que o pai deles também morre. Todo mundo tem medo que o pai morra. Mas melhor o pai do que a mãe. A dele agora ficou esquisita. Sem o pai. Não sabe bem. Diferente. Jogando as coisas do pai na sala. Com raiva. Ela não era assim. O menino achou melhor ficar quieto. Não ajudou nem nada, só ficou olhando. Até que ela foi e sentou no chão. Deve ter se arrependido e começou a dobrar as roupas. Isso ele sabia fazer e então sentou ao lado dela. Mas só depois. Quando não tinha mais medo. Não queria a mãe com raiva dele também. Não era culpa sua. O pai ter morrido.

Uma desordem.

A mãe ficou lá dobrando roupas. Horas. Sem olhar para o menino. Com vergonha. Sem forças para explicar. Sem saber como. Sem saber como viver isso. Essa morte. Tão adiantada. Morte apressada que não esperou que ela envelhecesse. Não. Sem poder dizer algo para o menino, calou. Queria morrer também.

Um abandono.

O menino fecha a porta. Ignorante dessa outra morte que não chega a acontecer. Pensa no tio. Ainda. Se era padre, devia então cuidar da sua mãe. Fazer ela ficar boa. Mas, não. A mãe continuava triste. O tio devia ser um padre ruim. Aí Deus não ajudava. Deus que nem seu pai. Sem gostar do tio. O pai também não gostava da vó.

A velha.

Uma noite. Ela aparece bêbada. E, sem se importar com a cena para o menino, o pai avança. Quer bater, mas só xinga. Como quem bate. Para doer. Traste. Sua vagabunda. O menino não entende. Fica com pena. Mas a vó era dura e seca. Não chora uma lágrima. E fica brava também. Seu filho da puta. Desgraçado. O pai agarra a vó pelos braços. Com força. O menino fecha os olhos. Bem apertado. Queria tanto estar em outro lugar. Tenta levar o pensamento para passear. Estranho xingar alguém de vaca. Coitada. Da vó e do bicho. Sem querer, o menino abre os olhos. A tempo de ver o pai empurrar a vó. Ela cai sentada no sofá.

Silêncio.

De repente, o pai começa a gargalhar. O menino tem medo. Não entende bem o que está acontecendo. Esse riso não tem graça. Pela cara, a vó também não acha. Risada que não era de fazer as pazes. A vó fica sentada resmungando. Como se não fosse com ela. O pai também faz que não é com ele. Só o menino olhando tudo. A vó acaba pegando no sono. Ali mesmo. Torta. De boca aberta.

A mãe não vê nada. Está no banheiro fazendo as unhas. Até ouve a gritaria, mas não se intromete. Não é problema seu. Que se entendam. Ou não. Que se matem. O pai não se preocupa em explicar para o menino. Nem a mãe. Talvez ela não soubesse que o filho estava ali na sala. Nem se preocupou. Em horas como essa. Em outras também. O menino quer ser invisível. Nem precisava ser herói. Só esse superpoder já estava bom.

* * *

O pastor espera no ponto. Calmo. O ônibus demora. Os dias têm sido difíceis. Tão cansado. A luz do poste queimada. Maior a escuridão. Como se não bastasse. Da casa da esquina, do outro lado da rua, sai um casal. Rindo. A moça com uma saia muito curta e sandálias plataforma. Tropeça nos degraus e ri, soltando gritinhos agudos. De brincadeira, bate no rapaz com a bolsa. Dá bronca. O moço nem para segurá-la. Meio enlaçados, riem. Alto. Atravessam a rua em direção ao ponto de ônibus. O pastor censura. Sem intenção. Mais por ofício. Em silêncio. Para si. Aquele alvoroço. E hoje ainda é dia de semana. Ele olha para a moça. A boca lhe parece indecente, oferecendo-se. Para ele. Qualquer um. Machos. Os lábios carnudos. Úmidos e brilhantes. A sua própria boca se entreabre. Há na moça uma vulgaridade. Mulher barata. Não conseguia entender por que precisava se vestir daquele jeito.

Não.

Mulheres assim. Sem satisfação no desejo de um homem só. Que sejam muitos. Todos. Que percam a razão e os modos. Fêmeas. Querendo como bicho, rosnando e gritando. Os machos de língua para fora, babando. Loucos e furiosos, perseguindo até agarrar. Na força. Na marra. Às mordidas. Com arranhões e maus-tratos. O pastor fica com raiva. Tanto trabalho. Não nos deixeis cair em tentação. Mas, para a queda, bastava bem pouco. Uma única vagabunda dessas e um pai de família pega o atalho errado na vida. Para longe. De Deus e da salvação. Para sempre. Para nunca mais. Bastava uma dessas. Tentação da besta. Vagabunda. A raiva aumenta. Vagabunda.

A raiva.

O pastor aperta os olhos fechados. Tanto trabalho. Sem pensar, faz um gesto brusco. Respira fundo. Quando abre de novo os olhos, o rapaz está de frente para ele. A mulher também. O rapaz avança em sua direção. Quem era vagabunda. O pastor sente as veias do pescoço pulsando. O rapaz dá mais um passo. A moça encara o pastor. Começa a gritar impropérios. Sem parar. O rapaz pega a mão do pastor. Vagabunda. Você quer essa vagabunda pra você. Eu sei. Tá escrito nessa sua cara de cu. O rapaz pega a moça pelo braço. Segura firme. Um e outro. Pastor e moça. Ele pega a mão do pastor. Esfrega sobre o peito dela. A moça se surpreende e protesta. Logo em seguida, acha graça. Ri. Alto. Gargalha. Gostosa, você não acha. Bem gostosa. Quer comer, não quer. O pastor se solta. Corre. Não vê nem ouve. As gargalhadas. Os xingamentos. Seu cuzão. Vira na primeira rua. Ofegante, encosta em um muro. Vira-se. As pernas se dobram. Trêmulas. O pastor no chão. Meu Deus. O que estava acontecendo. Esse mundo. Meu Deus. Não consegue chorar. Aperta as mãos fechadas. Não me abandoneis. Por favor.

Por favor.

As unhas cortam a pele. Meu Deus. Essa escuridão. O pastor sangra. Pouco. De ferida, chaga sem bênção.

* * *

A mulher não leva bolo ao trabalho. Não sobrou. Não deu tempo de pedir um pedaço ao marido no café da manhã. Quando viu, ele já havia engolido tudo. Esganado também. Os meninos tinham a quem puxar. Agora, já volta para casa. Cansada do trabalho, volta pensando no bolo. Sem disposição para fazer outro. Talvez no final de semana. Com o pensamento em receitas e ingredientes, não percebe o pastor. Próximo dela. Ele sorri. Nervoso. O olhar baixo, tímido. A mulher finalmente o vê. Sorri também. Um pouco. Sem alegria. Com alguma compaixão. Um cumprimento silencioso. A noite não está muito quente, mas ele parece suado. Ele se põe ao seu lado. Pergunta se pode acompanhá-la. Apesar do suor, os óculos estão muito limpos e transparentes. Aqueles seus olhos grandes e brilhantes. Ela permite. Mesmo sem vontade de conversar. Menos ainda com ele.

Sim.

A mulher poderia perguntar sobre o seu sonho ruim. Mas não lhe ocorre. Também não menciona o presságio. Aquele aperto no peito. Presságio quase esquecido. Ela não conta. Sobre cantar e sorrir. Sobre esmaltes vermelhos e sandálias altas para o verão. Não. Nestes últimos tempos seus. Sem fé. Não pensa em dizer. Pensa no que vai ouvir. Volte. Por favor.

Não.

A mulher para e se vira. Nem tente. O pastor não compreende. Não disse nada. Ela começa a rir. Pede desculpas. Precisa ir. O telefone dele toca. A mulher já se afasta. É a mãe. Ele para e acena. A mulher nem vê. A mãe quer saber dele. O pastor mal ouve. A ligação está ruim. Desliga. A mulher já vai longe. Ele corre e a alcança. Gostaria de conversar. Saber por quê. Assim, de repente. Ela suspira. Sorri. Sabia. Olha para ele. Procurando resposta, a fé. Um vestígio daquilo que poderia iluminá-lo. Um rastro. Quem sabe. De Deus. Não encontra. Desconversa. Talvez um outro dia. Quem sabe. O pastor insiste. É vez dela de querer correr. Quer ir embora. O pastor percebe e toca seu braço. Por favor. É importante. Ela não saberia quanto. Ela não quer saber. Só tem certeza de que ele irá insistir. Melhor se livrar logo disso. Com a outra mão. A mulher afasta do rosto uma mecha de cabelo. As unhas pintadas de vermelho. "Volúpia." Suspira.

* * *

De volta à garagem. Ainda as cadeiras laranja. O lugar dela. Ali. A cadeira não chama, ela senta em outro lugar. Suspira. Sim, queria se livrar disso logo. O pastor pede licença. Sai por alguns instantes. No chão, alguns vasos de flores. Sempre amarelas e brancas. Acha a garagem um pouco desarrumada. Vestígios da passagem do rebanho. O pastor volta. O rosto parece limpo e seco. Os olhos ainda mais brilhantes. Ele e suas mãos emanam sabonete. Sentam-se ao fundo. Ele sorri e oferece água. Ela aceita. E, de supetão, diz que está com fome. O pastor fica feliz com essa sua liberdade. Sai novamente. Volta com um pacote de biscoitos recheados. De chocolate, com desenhos. Havia comprado para o sobrinho. Esqueceu de levar. O menino perdeu o pai. É o que diz. Poderia ser diferente. Perdi meu irmão. Não. Os olhos do pastor mais brilhantes. É o que a mulher acha. O parente da missa de sétimo dia. Ele concorda e se vai. Volta trazendo chá. Em xícaras brancas sem pires. Camomila. Delicado, um homem tomar chá. E de camomila. Seus homens não tomavam chá algum. Só em caso de disenteria. Canja e arroz com purê, chá com bolachas. O pastor olha para ela. Sorri. Nem pode acreditar. Ela está ali. De volta. E mais bonita. Sorriem. Quem diria. Chá com bolachas e sorrisos do pastor. Tudo muito inesperado. Na mulher, sobe uma vontade de rir. Contém-se. Ele estende a mão para tocar a sua. Ela hesita. Permite. Que ele toque e segure a sua mão entre as dele. Gentil, de olhos baixos. Em silêncio, o pastor chora. Pouco. A mulher puxa a mão, quer se levantar. Melhor eu ir. Brusca, um pouco do chá quente cai sobre a calça. O pastor se levanta. Ainda gentil. Ele a segura pelo braço. Fique.

Por favor.

Naquele instante. A mulher esquece da mancha de chá na calça. Esquece de ir embora. Naquele instante. Ela vê. Ou acredita que vê. Por trás das lentes dos óculos. Naqueles olhos grandes e brilhantes. Os mesmos olhos do seu sonho.

O mal.

O Mal.

Um sopro frio a atravessa. A xícara se solta da mão e cai. No chão, chá e cacos. Os rostos agora próximos. Pode sentir o hálito do pastor. Um pouco forte. Mesmo após o chá. Ele olha para ela. Poderia olhar para sempre. Velar seu sono. Casar com ela. Se pudesse. Sorri. A ideia passeando pela cabeça dele. Ele a segura. Com um pouco mais de firmeza. Por aquele momento. Só. Ela é sua. Mulher. Quase ri. De contentamento. Acha que é felicidade. E aproxima-se. Um pouco mais. Ela é sua. Os lábios roçam. Os dele sobre os dela. A mulher está paralisada.

Mal.

A mão dele escorrega pelo braço. A pele dela. Não deveria lhe parecer estranha. Ela é sua. A mão dele sobre a dela conduzindo uma carícia. Sobre o rosto dele. A mulher sente aquela pele de criança. Ainda a umidade das lágrimas. Os lábios finos, a saliva da boca entreaberta. Não. Cai. Ela vai ser engolida. Devorada. Meu Deus. Precisa fugir.

Não.

O pastor a puxa de volta pela mão. As unhas vermelhas. Agora parecem muito vermelhas. Mais. Cor de sangue. De luxúria. Que unhas eram essas. Isso não era dela. Mulher sua, não. Eram dessas por aí. Vulgares. Uma qualquer. Não. Sua mulher, não. Jamais uma vagabunda. Esta então não podia ser sua mulher. Não. Então quem é. Esta. Só pode ser provação. Coisa do outro. O inominável.

Não.

Que não haja ouvidos para o que sai de sua boca. Que da boca não saia a voz da blasfêmia. Do chamamento para o que é só desespero e perdição. Que a voz não seja serpente por enlaçar a alma e carregar para a mais profunda escuridão. Que minha alma só pertence a Ele. Só Ele me toma e me possui. É n'Ele o meu gozo e meu júbilo. N'Ele.

Sim.

A mulher engasga. As mãos do pastor envolvem seu pescoço. Meu Deus. Ele abre as mãos. Asas. Libertando as carnes. Dela.

Não.

O pastor cai de joelhos.

Meu Deus.

A mulher corre. Foge. Com estas pernas que não parecem suas. Trêmulas. Anda. Volta a correr. Um pouco. Tão confusa. Continua mesmo sem saber. Para onde. Ela é só urgência. Fugir. Escapar. Precisa confiar nessas pernas. O ar tomando o peito. Ainda que todo, pouco. Ainda sufocando.

* * *

A mulher cala. Daquilo que aconteceu. Na igreja da garagem. Em meio às cadeiras de plástico. Calada de biscoitos recheados e chá de camomila. De mãos em seu pescoço. Quieta. Muda. Ainda de unhas vermelhas. A mulher entra em casa. Seus homens. Sem saber de nada. Sem desconfiar. Noite de futebol na TV. Todos tensos. Ela também. Vale a classificação no mata-mata. Gritam. O caçula zomba e agoura. Torce para outro time que caiu para a segunda divisão. Xingam, riem. A mulher passa por eles. Distraídos. Um alívio. De volta ao seu mundo. No quarto, ela troca de roupa. Rápido. Parece arriscado ficar nua. Nua, ainda pensando no pastor. Não. Treme um pouco. Vestida e aquecida, melhora. Quer deitar e dormir. Agora mesmo. Sem banho. Sem pensar em limpar vestígios. Do pastor. Em seu corpo. Ainda. E ao pensar tanto. Em vez de apagar, a mulher o inscreve. Ali, dentro dela. Dorme.

Ele dentro dela.

Jamais admitiria. Se perguntassem, negaria. Judas. E mais de três vezes. Todas. Negaria aquilo que sentiu. O desejo daquele homem. Às avessas. Na agressividade e ofensa. Em lugar de raiva ou medo, descobriu vaidade. De mulher. De fêmea. Agora. Deitada na penumbra, queria rever as unhas. Vermelhas. Unhas que faziam entrever uma outra. Nela. Mulher de fazer perder a razão de um homem. Ela imagina o pastor. Também deitado. Pensando nela. Sem poder dormir. O corpo magro. O membro persistente, ereto. Por causa dela. Enlouquecendo. De culpa. De vontade. Ele quer. Ele precisa. Ainda na escuridão, a mulher fecha os olhos. As mãos de unhas vermelhas. Nele. Ali. A pele tão macia. Mãos de fantasia. Impossíveis. Proibidas. Não pode. Ele não pode. E se quisesse. E se ousasse. Gritam na sala.

Quase.

Merda.

Bom que seus homens façam barulho. Nesta noite. Uma bênção. Nesta noite onde tudo parece possível. A mulher suspira. Mais tarde. Depois do jogo. Será bom. Será melhor. Ela e seu homem. Seu marido. Sem alarde. Ele, feliz e inspirado pelo jogo. Seu time venceu. Nesta noite. Fazem em silêncio. Mais do que em outras. Até ouvir o seu arfar. A mulher com uma vontade maior. Fermentada pelo desejo de um outro. Que também não dorme. Que também está sem banho. Diferente do que ela imagina. Só. Sem desejo algum. Mudo. As mãos pousadas ao lado do corpo. Morto. Em decomposição. Devoração. Não por vermes. Por si próprio.

* * *

Dois dias inteiros. Sem ver ninguém. Mudo. Inerte. O cabelo fino, oleoso. A pele do rosto, brilhante. Sem fome nem vontade. O pastor só quis dormir. Não acordar mais. Mas sábado é dia de culto. E então, no terceiro dia, levanta. Come um sanduíche. Toma leite e um banho longo. Faz a barba, corta as unhas. Varre, ajeita os vasos de flores, alinha as cadeiras. E sem hesitar. Numa rara certeza. Mantém a decisão surgida num lampejo. Em um dos muitos despertares desses dias. Não escreveria sua fala. Não hoje. Não desta vez. Que Ele falasse. Através dele. Para além de servo, instrumento. Ainda que mínimo e insignificante, alvo de Seu divino arbítrio. Que fizesse dele o que bem entendesse. Para além da ruína, talvez remissão. As falhas e as boas obras na balança. Sorri. Um pouco menino. De novo. Na ansiedade de uma aventura.

Já.

O telefone toca. É a mãe. De novo. Pergunta se ele está ocupado. Uma ironia. Agora não. Mais tarde. Durante o culto. Ocupado por Ele. Ou não. Mas não diz isso. Mesmo que soubesse. Que houvesse certeza. Não diria. E hoje só saberá na hora. Ali. Ao abrir a boca. Se sai uma corrente de vento. De dentro dele. Árido. Um deserto de Deus e de fé. O pastor vazio. Que fosse então de tudo. Também de seus demônios. Algum alívio, afinal. Mas e se. Ao abrir a boca. Jorrasse uma fúria sulfurosa. De dentro dele. Quente. Uma torrente de blasfêmias e impropérios. O pastor cheio. De vapores alcoólicos. Da infância que não o abandonava. A fúria materna. Nem sempre igual. Muito parecida. O cheiro do álcool. Acre e pegajoso. A mão pesada. Ganas de vingança e violência. Mãe. Precisava desligar. O telefone.

Também dela, seu mal primeiro. Origem dos demais. Que pudesse. Que conseguisse. Esquecer. Redimir-se. Esvaziar. Morrer dela. Se já morrera o suficiente por ela. Em vida.

* * *

Sábado. A casa vazia. Seus homens todos na rua. A casa só para ela. Belisca algo na geladeira, toma um banho longo. E refaz as unhas. Vermelho "Escarlate". Troca de roupa. Está de saída quando o marido e os meninos chegam. Avisa que vai voltar logo. Famintos e suados do futebol. Ninguém dá bola.

Tchau.

A garagem não está muito cheia. Logo ao chegar, cumprimentos e sorrisos. A presença da mulher é uma surpresa. Uma bênção. Que bom. Você voltou. Bem-vinda. Os mesmos vasos de flores. Amarelas e brancas. As cadeiras laranja. O culto está para começar. A mulher quer justamente ouvir. O que ele possa ter a dizer. Da fé. De Deus. Que lições para o rebanho. Depois do que se passou. Ali mesmo. Entre as cadeiras. Entre eles dois.

Ainda.

Pode ouvir. Vagabunda. Pode sentir. Os lábios finos roçando os seus. As mãos apertando seu pescoço. A mulher quer olhar. Ver. Nele. A audácia. Para ali, diante de todos. O seu rebanho. Acolher a ovelha desgarrada ou acusar possessão demoníaca. Que ousasse. Ele, pastor de fé de mentira. Ele todo de mentira. Ela quer mesmo ver. De novo, aquele descontrole. A indecência da noite insone, a vontade do corpo fazendo perder a razão.

Vagabunda. O desejo persistente. Talvez dela também. Se é assim, capaz de provocar.

Aquilo.

O pastor conversa com uma senhora. No esforço por concentração, perde de vê-la. A desgarrada. De volta. Ali, ao fundo. O pastor começa. É difícil. Mais neste dia. Ele tira os óculos e fecha os olhos. Com receio. O que está por vir. Fala. De olhos fechados, marejados. A mulher sente um arrepio nas costas. Poderia ser Ele. Falando através daquela boca. Não. Mas se não tem mais fé.

Não.

Sem livro ou papel, sem amparo. O pastor atira corpo e voz no abismo de seus próprios pensamentos. Ele se atira para esquecer. O medo da vergonha e da humilhação. O medo de que não seja Ele, mas a besta a ocupá-lo. Ouve a si mesmo. É bom. Assim. Devagar. As mãos não suam. Manso. Agradece e abençoa a todos. Essas pessoas que são sua verdadeira família. Agora mais ovelha do que pastor. Também na cegueira e estupidez. Nos erros e nas dúvidas.

Ovelha, muito ovelha.

As palavras felizmente não se juntam para fazer escuridão. Neste momento, o pastor não tem mãe. Não tem irmão morto. Isento de seus tormentos e desesperos. Da sombra que o ameaça. Abre os olhos. E, se tirou os óculos, não vê a mulher. Sentada. Ouvindo-o falar. Não sobre ela. Da quase morte, do limiar da queda. Três dias atrás.

Do mal.

Do Mal.

O pastor sua. Sem saber bem. O que fala. Quem fala. Pai ou besta. Se só ele mesmo. Talvez indigno de qualquer ocupação.

Será.

Se Ele podia não querer mais este teto. Nem flores brancas ou amarelas. Cadeiras de plástico. Se Ele nunca quis casas que não fossem homens. Se nunca quis homens que não os de bem. Tanto descaminho. Que pastor e rebanho desgarrem. Para que Ele possa se espalhar pelo mundo. De novo. Mais. Para que o mundo seja Sua morada. Em cada uma e em todas as criaturas. A Sua casa.

Será.

* * *

Mais tarde naquela mesma noite. A porta é deixada aberta. A garagem ainda com suas cadeiras. As ovelhas sem tomar as palavras do pastor ao pé da letra. Sorriram e fizeram comentários. Depois partiram todas. Fala bonita, a de hoje. O pastor compreende. Não insiste. Sorri também. As palavras haviam saído sem trazer ruína ou vergonha. Só aquela voz. Por aliviar alma e coração.

Afinal.

Depois de alguns dias. De ausência e porta aberta. O rebanho cansa de esperar e tentar compreender. As ovelhas dispersam. Não sem antes minimizar aquilo que foi sentido como abandono. Não sem antes abdicar da raiva e da sensação de traição. Consigo, levam as cadeiras. Todas. E as flores, ainda que murchas. Talvez lembrem do que o pastor disse. Pouco. Talvez espalhem por aí. Rumores de loucura ou possessão. O pastor tomado. Por alguém. Deus ou demônio. Sabe-se lá.

Antes.

O pastor para na porta. Na mão, uma sacola com uma ou duas mudas de roupa. O rosto e os óculos lavados. Os olhos grandes e brilhantes. Para e olha. Para lembrar. Para poder esquecer. As cadeiras meio desarrumadas. O vestígio do rebanho. O lugar da desgarrada na segunda fileira.

Ali.

A cadeira laranja.

Por um instante. Um receio. Uma sombra. No gesto automático, procura o livro preto no bolso do paletó. Não está ali. O bolso vazio. O livro perdido, caído. Pensa se o destino do livro não seria o seu também. Perder-se, cair. Não. Tira o paletó e o deixa sobre uma cadeira. Pode então ir, partir. Sem paletó nem livro. Com alguma fé. Pastor sem rebanho, pasto ou cajado. Sem ofício.

Ele não é mais um pastor.

Parte. Sem saber. Que a mulher veio. Que ela o ouviu. Nesta última vez. Sentada em um outro lugar. Se a mulher é outra também. Liberta. De mãos se estreitando sobre o pescoço. De maus presságios. Da fé.

Noite adentro.

O pastor no mundo.

A mulher em casa. Em meio aos seus homens, conversas e gargalhadas. Ela também gargalha. E, assim, ela se dá conta. De si. Deste instante. Por suspender e fazer durar. Para que se lembre. Para que jamais esqueça. Isto. Muito mais do que contentamento. Se sente transbordar, iluminar. Por dentro. Por si.

Outro tipo de fé.

A mulher está na cama. Aninhada em braços, em apaziguamento. Finalmente. Sem pensar no pastor. Sem saber que ele se foi. Com orgulho das unhas vermelhas. Amanhã, “Inveja Boa”. Quem inventa o nome desses esmaltes. Sem resposta, a mulher adormece.

* * *

SOBRE A AUTORA

Eda Nagayama nasceu em 1970, em São Paulo. É atriz, graduada em Artes Cênicas, mestre em Comunicação e Estética do Audiovisual (ECA-USP) e autora dos livros *Traço comum: [mini/micro] contos* e *Palavracidade*, este em parceria com o arquiteto Nivaldo Godoy.

Atualmente dedica-se a projetos artísticos multidisciplinares a partir do tema "Refugiados", com apoio da Cáritas Arquidiocesana/SP e do ACNUR – Alto Comissariado das Nações Unidas para Refugiados.

Desgarrados foi vencedor na categoria Texto do Programa Nascente/USP (2011).

AGRADECIMENTOS

A Marcia, irmã da vida.

A Maria Alice, com quem tudo se tornou possível.

A Eleida e Madu, após várias sacas de sal.

A Juliano, primeiro a reconhecer a cria.

Imagem de capa **Mauro Restiffe, São Paulo – Praça Roosevelt #3**

Coordenação editorial **Marta Garcia**
Assistente editorial **Raquel Toledo**
Preparação **Carlos A. Inada**
Revisão **Fabiano Calixto, Isabel Jorge Cury**
Projeto gráfico **Gabriela Castro, Nathalia Cury**
Produção gráfica **Sirlene Nascimento**

Nesta edição, respeitou-se o novo Acordo Ortográfico da Língua Portuguesa.

Dados Internacionais de Catalogação na Publicação (CIP)

Nagayama, Eda [1970-]
Desgarrados: Eda Nagayama
São Paulo: Cosac Naify, 2015
128 pp.

ISBN 978-85-405-0872-9

1. Ficção brasileira I. Título

CDD 869.93

Índices para catálogo sistemático:
1. Literatura brasileira: 869.93

COSAC NAIFY
rua General Jardim, 770, 2º andar
01223-010 São Paulo SP
cosacnaify.com.br [55 11] 3218 1444
atendimento ao professor [55 11] 3218 1473
professor@cosacnaify.com.br

Projeto realizado com o apoio do Governo do Estado de São Paulo, Secretaria da Cultura, Programa de Ação Cultural 2015.

Fonte **Maiola** Papel **Polén bold 90 g/m²** Impressão **Geográfica**